천애협로 5

촌부 新무협 판타지 소설

초판 1쇄 찍은 날 § 2012년 6월 13일
초판 1쇄 펴낸 날 § 2012년 6월 20일

지은이 § 촌부
펴낸이 § 서경석

편집부장 § 권태완
편집책임 § 주소영
디자인 § 이혜정

펴낸곳 § 도서출판 청어람
등록번호 § 제1081-1-89호
등록일자 § 1999. 5. 31
어람번호 § 제2-2233호

주소 § 경기도 부천시 원미구 심곡2동 163-2 서경B/D 3F (우) 420-822
전화 § 032-656-4452 팩스 § 032-656-4453
http://www.chungeoram.com
E-mail § chungeorambook@daum.net

ⓒ 촌부, 2011

ISBN 978-89-251-2901-3 04810
ISBN 978-89-251-2651-7 (세트)

※ 파본은 구입하신 서점에서 교환하여 드립니다.
※ 저자와 협의하여 인지를 붙이지 않습니다.
※ 이 책은 도서출판 청어람과 저작자의 계약에 의해 출판된 것이므로,
  무단 전재 및 유포·공유를 금합니다.

제1장	흐름	7
제2장	해후(邂逅)	35
제3장	복수	67
제4장	연정(戀情)	101
제5장	출행(出行)	129
제6장	무림맹	159
제7장	백부(伯父)	185
제8장	명예	215
제9장	작은 새	243
제10장	신인(神人)	273

第一章
흐름

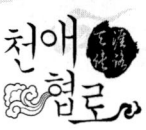

1

 겨울이 지나고 봄이 왔거늘 바람은 싸늘하기 짝이 없었다. 초봄도 아니고 어느 정도 무르익은 봄인데 하늘이 미치기라도 했는지 해마저 일찍 지고 말았다.
 노을이 짙어져 갈 무렵, 유영평야(孺嬰平野)를 지나던 검천존(劍天尊)과 소량은 뜻하지 않게 생사대적을 만났다.
 백여 명이 넘는 무인을 이끌고 온 검마존(劍魔尊)이라는 절대고수와 검천존에게 있어서는 꿈에서도 잊을 수 없는 원수인 화마(火魔)가 바로 그들이었다.
 검천존은 광기에 가까운 복수심에 휘말렸고, 소량은 자신의 목숨을 노리는 백여 명의 마인과 격전을 벌여야 했다. 소량을 경계한 마인들은 백여 명이라는 숫자로도 모자라 부시독(腐尸毒)과 벽력진천뢰(霹靂鎭天雷)까지 소용했다.

수세에 몰린 소량이 만신창이가 되어갈 무렵이었다.

"흐음."

유영평야 부근의 관도를 걷던 창천존이 품 안에 안긴 여아를 흘끔 내려다보았다. 본래 아주 추울 때보다 기온의 변화가 극심한 날이 고뿔에 걸리기 쉬운 법이다.

자신이야 한서가 불침한다지만 아직 무학에 발을 디딘 지 얼마 되지 않은 여아로서는 견디기 어려우리라.

"날이 이렇게 추워서 어떻게 한다?"

"저는 괜찮아요, 할아버지."

진유선이 얼른 고개를 도리도리 저었다.

"아무래도 모닥불을 좀 피워야겠다. 이렇게 찬바람을 계속 맞다가는 지우가 고뿔에 걸리고 말 텐데, 그러면 내가 얼마나 슬프겠느냐?"

"하지만 저는 진짜 괜찮은데. 얼른 가서 소문을 내야 해요. 할아버지. 그렇게 해요, 응?"

진유선이 초조한 음성으로 되물었다.

"이만하면 소문은 충분히 퍼졌을 텐데."

"흥! 꼭 언니, 오빠들을 찾기 위해서만은 아니에요. 알고 보면 나도 강호의 여협이라고요."

오빠, 언니들을 찾기 위해 시작한 협행이었지만 그것은 말 그대로 통쾌한 일이었다. 할머니를 만나기 전의 자신처럼, 세상엔 굶주린 백성들이 많고도 많았다. 공맹을 운운하고 국법을 논하며 악독하게 구는 망종들도 많이 만났다.

옛날부터 한 번 크게 혼내주고 싶었는데 창천존 할아버지를 만나 뜻대로 할 수 있게 되었다.

게다가 사람들이 지괴라고 떠받들어 주기도 한다. 진유선은 여협이니 뭐니 하는 소리에 크게 경도되었다. 백성들도 돕고 칭송도 받으니 이처럼 좋은 일이 어디에 있겠는가!

진유선이 정말 협객이라도 되는 양 도도하게 말했다.

"나는 협명 자자한 지괴인데 백성들의 아픔을 보고도 어찌 가만히 있을 수 있겠어요?"

"으하하! 그건 그래. 악당들은 꼭 혼내주어야지."

말을 마친 창천존이 크게 감탄을 터뜨렸다.

"아느냐? 세상에 나보다 장난꾸러기가 있을 줄은 상상도 못했는데, 너에 비견하면 나는 태양 앞의 반딧불에 불과하단다. 나는 못되게 구는 악당들을 혼내준 적은 많지만, 지부대인의 엉덩이를 까고 볼기짝을 때려주거나 부정하게 재물을 모은다고 똥물을 뿌린 적은 한 번도 없거든. 그래, 다음엔 무엇을 할 테냐?"

"그건 비밀이에요, 할아버지."

진유선이 배시시 미소를 지었다. 창천존은 몸이 달아 얼른 알려달라고 진유선을 조르기 시작했다. 진유선이 끝까지 밝히지 않자 창천존은 눈을 가늘게 뜨고는 머리를 굴렸다.

'똥물이 가득 찬 함정을 만들어놓고 기다리려는 걸까? 아니야, 그건 한 번 해보지 않았던가! 그러면 못된 거부가 시전을 지날 때를 기다려 옷을 홀라당 벗기고 헐벗은 백성들의 마음을 이제야 알겠느냐며 호통을 치려는 걸까? 음, 그것도 이미 해봤으니……'

응성부(應城府)의 말단 벼슬아치인 전사(典史) 장영찬(張永燦)이 똥물에 빠졌고, 곽가 상단(廓家商團)의 거부 곽일룡(廓日龍)이 길을 걷다가 옷이 홀라당 벗겨지는 수모를 당했다.

머리를 굴리고 굴려도 진유선이 치려는 장난을 짐작하지 못한 창천존이 시무룩하게 질문했다.

"정말 알려주지 않으려느냐?"

"계속 간다고 약속해 주면요."

"하지만 그러면 고뿔에 걸리고 말걸."

무학이 경지에 이른 창천존이니 추궁과혈 따위는 문제도 아니었지만 그는 한 번도 추궁과혈을 해준 적이 없었다.

진유선에게 창술을 가르칠 때 말하기를, 듣고 보는 것이 아니라 직접 겪어봐야 자신의 것이 된다 했다.

추위도 더위도 모두 자신이 겪어야 할 일이었다.

그리고 무엇보다, 시작부터 너무 편한 길을 가면 어려운 길은 가지 않으려 하게 되는 법이다.

창천존은 나름대로 진지하게 무학을 가르치고 있었다.

"나는 알고 싶으니 이를 어찌한다······."

창천존이 그렇게 중얼거릴 때였다.

관도 끝에서 큼지막한 검은 마차가 흙먼지를 일으키며 달려왔다. 허름한 외관과 달리 튼튼하게 만들어졌는지, 속도가 쾌속한데도 불구하고 덜컹거림조차 적은 마차였다.

흙먼지를 뒤집어쓸까 두려워진 창천존이 자연스럽게 몸을 옆으로 피했다. 오래지 않아 멈춰 서긴 했지만.

"어, 내가 아는 기운이 섞여 있는데?"

창천존이 그렇게 중얼거리는 사이, 마차가 그와 진유선을 스치고 지나갔다.

"워워—!"

도대체 왜일까?

마부가 다급히 강승(韁繩:고삐)을 움켜쥐었다. 말은 계속 투레실을 하다가, 채찍을 맞고서야 조금씩 속도를 줄였다.

자욱하게 일어났던 흙먼지가 조금씩 가라앉을 무렵이었다. 마차 안에서 비명과도 같은 목소리가 들려왔다.

"유선이! 분명히 유선이였어. 유선아!"

"정말입니까, 큰누이?"

마차 안에서 너무나 그리웠던 목소리가 울려 퍼졌다.

날도 추운데 흙먼지까지 뒤집어쓰겠구나 싶어 시무룩하게 창천존의 가슴에 얼굴을 기댔던 진유선이 재빨리 고개를 들었다.

"영화 언니?"

"진짜 유선이로구나! 유선아!"

아직 완전히 멈추지도 않은 마차에서 다급히 세 개의 신형이 떨어져 내렸다. 하나는 영화의 것이었고, 나머지 두 개는 승조와 태승의 것이었다.

창천존의 품에 안긴 진유선이 내려달라고 몸을 버둥거리는 사이, 세 명이 경신술을 펼쳐 그녀에게로 달려왔다.

"헉! 당가의 어린 지네가 있구나!"

창천존은 한때 벗이었던 독성(毒聖) 당염(唐廉)의 장난에 걸려 독이 든 차를 마신 적이 있었다. 그때에도 절대고수였던 그였지만 독성의 독 역시 뛰어난 것, 창천존은 전신에 두드러기가 난 채로 정신없이 도망을 쳤어야 했다.

그 뒤로 당가의 독물이라면 상종을 하지 않는다.

해독에 자신이 없어서가 아니다. 독성의 독이 아닌 이상 아예 통하지도 않겠지만, 당가의 무인을 볼 때마다 벌레를 볼 때처럼 징그럽고 혐오스럽다. 당가의 소가주라는 당유회도 그에게는 그냥 어린 지네나 거미에 불과했다.

"에그, 징그럽구나, 징그러워! 당가의 소독물이라니."

창천존의 신형이 사라지더니, 관도 옆에 자라난 나무 위에서 모습을 드러냈다. 마차에서 갓 내린 사천당가의 소가주, 당유회가 그 모습을 보고는 한숨을 길게 내쉬었다.

그사이, 진유선이 울음을 터뜨리며 영화의 품에 안겼다.

"영화 언니, 으아앙!"

"유선아!"

영화도 다급히 진유선을 마주 품에 안았다. 작은 체구에 어린 따스한 온기를 느끼자 절로 눈물이 나왔다.

처음 진유선을 데려온 것은 다름 아닌 영화였다. 버려진 갓난아기를 차마 죽게 놔둘 수 없어, 우려하는 소량 오빠를 설득해 데려왔다. 그리고 동냥젖을 먹여가며 키웠다.

유선을 잃어버린 것은 이번이 두 번째였다.

언젠가 구걸을 하던 와중 유선이 지나가는 아낙을 보고서 되지도 않는 발음으로 '어마, 어마' 하고 옹알거리며 쫓아간 적이 있었다. 유선이 없어졌다는 것을 깨달았을 때 얼마나 절망했는지 모른다. 찾았을 때 얼마나 화가 났는지 모른다. 말도 못 알아듣는 아이에게 엄마는 없다고, 우리에게 엄마는 없다고 새된 목소리로 고함을 질렀었다.

그리고 지금은······.

"유선아, 유선아."

영화는 정신없이 진유선의 등을 쓰다듬다가, 정신을 차린 듯 그녀를 품에서 떼어내고는 몸을 살펴보기 시작했다.

어디 다친 데는 없을까? 상처가 난 곳은 없을까?

한참을 살펴봐도 이상한 곳은 없다.

진유선은 언니가 하는 대로 몸을 맡기고 있다가 고개를 돌려 오빠들을 돌아보았다.

승조 오빠는 눈을 지그시 감고 '찾았으니 됐다, 이제 형님만 찾으면 돼. 찾았으니 됐어'라고 중얼거리고 있었고, 태승 오빠는 노기 어린 얼굴로 자신을 쏘아보고 있었다.

그 순간이었다.

찰싹―

진유선의 고개가 홱 돌아갔다.

"함부로 외출하지 말라고 했지? 혼자 돌아다니지 말라고 했지! 너는 도대체……!"

진유선이 눈을 휘둥그레 뜬 채로 영화를 돌아보았다. 눈물을 참느라 충혈 된 눈이 낯설기만 하다. 영화 언니가 화를 낸 적은 많지만 얼굴에 손찌검을 한 것은 처음이었다.

"영화 언니……."

"말해! 도대체 어디에 갔었던 거야?"

울먹울먹하던 진유선의 표정이 표독스러워졌다.

어린아이답게 그녀는 영화의 절망과 좌절감을 이해하지 못했다. 아니, 오히려 칭찬을 해줄 줄 알았다. 자신 때문이 아니라 태승 오빠를 위해 나선 거였으니 의리가 있다고 칭찬을 받을 줄 알았고, 홀로 외진 곳에 떨어져서도 꾀를 내어 형제들을 불렀으니 똑똑하다고 칭찬을 받을 줄 알았다.

"왜 때려, 내가 얼마나 고생했는데! 언니는 바보야! 나 때문이 아니라 태승 오빠를 위해 나선 거였는데 그것도 몰라주고!"

"태승을 위해?"

"나쁜 놈들이 괴롭히는데도 막내 오빠는 바보처럼 가만히 있기만 하니 내가 나설 수밖에! 흥, 내가 그놈들에게 똥물을 뿌려줬는데도 화를 낼 거야? 알지도 못하면서!"

뒤늦게 상황을 알아차린 태승이 길게 한탄을 토했다.

"…운학서원에 갔었구나."

혈마곡이 신양상단을 습격했을 때, 유선은 자신을 괴롭힌 학인(學人)들을 쫓아 운학서원에 있었으리라. 어떻게 창천존을 만나게 된 것인지는 아직 모르겠지만 말이다.

"나는 명분 없이는 움직이지 않을 거라고 말했었다. 너는 공연한 짓을 한 거야. 네 바보 같은 행동으로 인해 형제들이 얼마나 괴로워했는지 아느냐?"

태승이 엄히 말하자 유선이 표독스럽게 고함을 질렀다.

"바보야! 명분 따위가 무슨 소용이람? 명분을 논하는 사람 중에 제대로 된 사람을 한 명도 보지 못했는데! 막내 오빠가 그리 말했으니 이제 누구를 만나든 명분의 명 자를 꺼내기만 하면 엉덩이를 까고 볼기짝을 두들겨 줄 테다!"

"네가 진짜……!"

찰싹 소리와 함께 진유선의 고개가 획 돌아갔다. 설마 하니 또다시 때릴 줄은 몰랐던 진유선이 눈을 휘둥그레 떴다.

영화가 차가운 얼굴로 말했다.

"만약 네가 옳다고 해도 말을 하고 갔었어야지. 나는… 나는 너를 용서할 수가 없구나."

영화는 눈을 질끈 감고 몸을 돌렸다.

그토록 만나고 싶었던 언니인데, 만나면 따뜻하게 안아주고 고생했다고 칭찬해 줄 줄로만 알았는데 이토록 냉대를 받자 진유선의 표정이 굳어갔다.

"흥! 형제들이 다 무슨 소용이야? 오랜만에 만났어도 이처럼 차가운데. 나는 강호의 일대여협인 지괴 진유선이니까 강호에서 살 테다. 절대 돌아가지 않을 거야!"

말을 마친 진유선이 성큼성큼 걸음을 옮겨 창천존이 숨은 나무 앞으로 갔다. 갑자기 벌어진 다툼에 주눅이 든 창천존이 조그마한 목소리로 말했다.

"크, 큰누이에게 그러면 안 되는 거야."

"가요, 할아버지!"

진유선이 그렇게 말했지만, 창천존은 나무에서 내려오지 않았다. 창천존에게 감사를 표하지도 않고 집안싸움을 벌였다는 사실을 뒤늦게 깨달은 영화가 당황한 표정으로 나무로 다가왔다. 승조와 태승이 얼른 그 뒤를 쫓았다.

영화가 정중하게 장읍하며 말했다.

"은공을 앞에 두고도 추태를 보였으니 부끄럽기 짝이 없군요. 진가 사람 영화가 창천존 도무진, 도 대협을 뵙습니다. 폐가의 막내 동생을 이토록 후히 보살펴 주신 점에 감사의 염을 금할 수가 없습니다. 예물로 미주(美酒)를 준비해 왔사온데……."

"예쁜 누이, 예쁜 누이. 나는 그렇게 때리지 않을 거지요?"

영화는 크게 당황하고 말았다.

창천존이라면 무림의 일대 영웅인데 어찌 감히 손찌검을 하겠는가! 아니, 그것보다 먼저 배분으로도 무학으로도 비교할 수 없는 대상이 왜 어린 동생처럼 군단 말인가!

"마, 말씀을 편히 하십시오, 도 대협."

"하지만 내 지우의 웃어른인데……."

창천존은 괴팍하여 종잡을 수 없는 인물로, 세속의 허례허식은 조금도 중요하게 여기지 않는 사람이었다.

또한 그는 자신의 말을 천금처럼 여기는 영웅이기도 했다.

진심으로 그랬는지 아닌지는 모르겠지만 진유선을 지우라 칭한 이상 끝까지 그를 책임질 생각이었다.

당황한 영화가 말문을 잇지 못하자 승조가 대신 나섰다.

"폐가의 막내가 어찌 행동했는지는 모르나, 혹여 농을 하시는 것이라면 거두어주십시오. 만에 하나 진심으로 유선을 지우라 여기시는 것이라면, 역시 말씀을 편히 해주십시오. 대협의 큰 뜻을 모르는 사람들이 많으니 나중에 저희가 크게 욕을 먹게 될 것입니다."

"그, 그런가?"

중원인은 체면을 중요시 여긴다.

허례허식을 싫어하는 창천존이었지만 자신으로 인해 상대가 체면을 잃을지도 모른다고 생각하니 별수가 없었다.

"그렇다면 말을 편히 하지. 하지만 내려가진 않을 거야. 징그러운 당가의 소독물도 있는데다가, 예쁜 누이가 너무 무섭거든. 예전에 우리 누이도 늦잠을 잔다고 볼을 꼬집은 적이 있는데 그때 생긴 상처가 아직도 남아 있어."

창천존이 그렇게 말하자 영화가 살포시 미소를 지었다. 지금도 이런데 어린 시절엔 얼마나 말썽꾸러기셨을까? 그 누이의 마음을 짐작할 것도 같다.

창천존이 내려오지 않자 승조는 길게 한숨을 내쉬고는 씁쓸한 얼굴로 진유선을 돌아보았다.

"큰누이와 태승에게 죄송하다 빌어라, 유선아."

"흥! 내가 왜……."

"누이는 너를 잃은 후 하루 두 시진도 자지 못했다. 걱정이 되어 매일 울고 끼니도 제대로 때우지 못했지. 태승을 위해 나선 것은 잘했지만 말도 하지 않고 나간 것은 잘못이지 않느냐?"

진유선이 입술을 비죽거리며 고개를 홱 돌렸다. 미안한 마음이 없지는 않지만 굴하기가 싫었던 것이다.

"태승이도 마찬가지다. 향시를 볼 기회가 있었는데 너 때문에 그만두고 강호에 나섰다. 네 오빠가 얼마나 향시를 보고 싶어 했는지 알고 있지 않느냐?"

"그래, 얼른 비는 게 좋아."

창천존이 얼른 거들었다.

진유선은 그래도 사과하지 않고 발을 쿵쿵 굴렀다.

"언니가 나를 때린 것을 사과한다면 나도 그럴 테지만, 언니가 그러지 않는다면 평생 보지 않을 테다!"

"너, 끝까지……!"

영화가 고함을 지르자 승조가 고개를 절레절레 저었다. 나중에 크게 꾸중을 하는 편이 차라리 나을 것 같았다.

승조가 눈짓을 하자, 영화도 그 뜻을 알아차렸다.

영화는 남몰래 진유선의 얼굴을 훑어보고는 제대로 먹지

못해 몸이 마른 것 같다고 생각했다.

'어쩌다 저리 말랐을까.'

영화가 길게 한숨을 내쉬자, 마침내 싸움이 일단락되었다. 영화는 창천존에게 다시 한 번 목례를 해 보이고는 싫다고 발버둥치는 진유선을 억지로 안아 마차 쪽으로 향했다.

승조가 다시금 창천존을 바라보며 말했다.

"다시 한 번 폐가의 막내에게 베푸신 은혜에 감사를 표합니다. 예물을 준비했으니 마차에 드시지요. 또한 저희와 함께 온 당가의 소가주께 용무가 있다 들었습니다만."

"아, 그건 그래. 어찌 되었나, 소독물?"

"당가의 소가주가 창천존 도 대협을 뵙습니다."

난데없이 벌어진 한바탕 소동에 꿀 먹은 벙어리마냥 지켜만 보던 당유회가 얼른 한 걸음 앞으로 나섰다. 당유회와 함께 온 호위무사들과 당가의 총관이 그 뒤에 시립했다.

"말씀하신 독에 대해 조사해 보았습니다. 외부에 나온 저희의 재주로는 알아볼 도리가 없어 본가에까지 독을 보내어야 했지요. 본가에서도 완벽히 알아내지 못했습니다만 전해 주신 독은 당가의 십대극독과도 비견되는, 아니, 그를 능가하는 독이라 합니다."

"십대극독을 능가하는 독?"

창천존의 목소리가 침중해졌다.

"무형, 무미, 무취인 것은 물론이거니와 단숨에 중독되는 독도 아닙니다. 오히려 독이 발작하는 것은 이후일 가능성이 큽니다. 다만 발작한다면 누구도 피할 수 없을 것입니다."

"이후라니? 얼마나 이후에 독이 발작한단 소리인가, 소독물? 나는 이미 그것을 만졌는데."

"예? 이미 만지셨다니요?"

당유회가 크게 당황하여 말할 때였다.

창천존의 표정이 조금씩 굳더니 고개가 서쪽으로 돌아갔다. 노을이 사라지고 어둠이 내려앉아 있었지만, 보는 것이 아니라 기운을 느끼는 것이기에 문제 될 것은 없었다.

"벌써 만지셨다면 이미 중독되었을 가능성이 큽니다. 극독이나 희석한다면 산공독으로도 소용할 수도 있는 독이니 어쩌면 내력을 잃게 될 수도……."

"잠깐."

창천존이 딱딱한 어조로 말했다. 창천존의 기색이 이상하다는 것을 깨달은 당유회가 눈을 큼지막하게 뜰 때였다.

"마기? 검천존, 이 친구가 왜… 그 옆은 태허일기공?"

태허일기공이라는 말에 승조와 태승의 몸이 나무토막처럼 뻣뻣하게 굳어갔다. 마차에 도착한 영화와 유선도 마찬가지였다. 승조가 대표로 나서서 다급히 질문을 던졌다.

"도 대협, 태허일기공이라니요?"

"서쪽, 십여 리 밖. 자네들도 따라오게!"

창천존의 신형이 빛살처럼 빠르게 쇄도했다.

2

당금 강호에 천애검협 진소량을 모르는 사람은 없다. 대협(大俠), 혹은 신협(神俠)이라는 칭호가 나오면 으레 천애검협을 논하는 것이겠거니, 라고 생각할 정도다.

무학도 월등히 뛰어나지만, 세인들은 목숨마저 도외시하고 백성들을 지키려는 협의지심에 큰 감동을 받은 것이다.

또한, 그만한 공이면 자랑을 할 법도 한데 천애검협은 한번도 명예를 탐한 적이 없다. 오히려 자신의 이름마저 숨긴 탓에 도움을 받은 백성들도 일이 끝난 이후에나 그가 천애검협이었음을 알 정도다.

낭중지추(囊中之錐)라!

그의 이름이 알려진 것은 당연한 일일 터였다.

하지만 혈마곡은 다르다.

나를 가장 잘 아는 것은 적이라 했던가?

혈마곡은 협의지심에 가려져 상대적으로 저평가된 소량의 무위를 명확하게 알고 있었다.

천애검협이라는 별호조차도 혈마곡 내부에서는 잘 통용되

지 않는다. 혈마곡은 한때 그들의 가장 큰 적이었던 검신의 후예인 천애검협을 소검신이라 부른다.

소량과 일전을 벌였던 잔영검(殘影劍) 하무양(河武揚)은 그 말에 동의할 수 없었다.

'소검신? 모두 눈이 삐었구나.'

하무양이 공포에 질린 얼굴로 침을 꿀꺽 삼켰다.

부시독에 벽력진천뢰면 삼천존도 생사를 장담할 수 없으리라 여겼다. 그런데 이게 무언가? 천애검협은 죽기는커녕, 경천동지할 무공을 선보인 후 미소까지 짓고 있다.

'저자는 이미 검신이야.'

바닥에 널브러진 하무양이 겁에 질려 뒤로 기어갈 때였다. 무릎을 꿇은 채 허공에 검을 겨누고 있던 소량이 크게 신음을 토해내었다.

"커헉, 쿨럭!"

소량이 떨리는 손으로 옆구리에 박힌 단검을 뽑아내었다.

단검을 쏠 적에는 본래 손목을 비틀게 마련이다. 소량의 옆구리에 꽂힌 것 역시 곧게 찔린 것이 아니라 비틀려 육신을 한차례 휘저은 상태였다.

차라리 아니 뽑는 것이 나으련만, 이 상태로는 싸울 수가 없으니 출혈을 감수하고 뽑을 수밖에 없다. 소량의 전신에 크게 경련이 일어나는가 싶더니 피가 분수처럼 새어 나왔다.

흐름 25

"크으윽, 커헉!"

사지육신 따질 것 없이 만신창이가 되어버린 데다가, 내상 역시 적지 않은 소량이었다.

소량은 자리에서 일어나려다가 조금 전처럼 다시 무릎을 꿇었다. 검을 역수로 쥐고 바닥을 짚은 채 바들바들 떠는 것이 일어나는 것조차 수월치 않은 모양이었다.

하지만 소량의 얼굴에는 여전히 미소가 걸려 있었다.

'하늘 끝, 천애(天涯)로 가는 길이라?'

이제야 알 것 같다. 그간 초조하게 여겼던 모든 것들이 곧 심마나 다름없었다.

하늘이 그토록 드넓은데 어찌 한 곳만 보겠는가? 한 곳에 집중하면 오히려 주위를 볼 수 없게 된다. 하늘 끝은 주위를 보고, 천하를 느껴야 갈 수 있는 곳이다.

'천지와 호흡을 나누라 했지. 그 진의를 이제야 알겠다.'

태허일기공의 구결도 같은 것을 가르친다. 세상과 호흡을 나누면 천하의 모든 이치를 얻게 되리라 했다. 소량은 비로소 그 구결 속에 숨겨진 의미를 깨달았다.

소량은 그렇게 태허일기공의 사단공에 접어들었다.

'그렇구나, 그랬어.'

이제 길을 어찌 가야 하는지 알았으니, 실행할 차례다. 그 길에 수많은 난관이 있겠지만 최소한 코앞조차 제대로 보지 못하는 맹인이 되는 꼴은 피한 셈이었다.

그러나 길을 가기에는 소량은 너무 지쳐 있었다.

일어섰다가 넘어지기를 몇 차례, 소량은 더 이상 일어설 시도조차 하지 못했다.

"무엇을 하는가, 잔영검! 곧 후속대가 올 것이다!"

검천존의 공세를 피해 오 장 너머로 물러났던 검마존이 하무양을 노려보며 버럭 고함을 질렀다.

사실, 검마존 역시 소량을 경이로운 눈으로 바라보긴 마찬가지였다. 검기상인의 경지에도 이르지 못한 강호초출이 몇 년 만에 검기성강의 경지를 넘어 새로운 경지에 들었다.

혈마곡에 있어서는 악몽 같은 일이지만, 순수하게 무인의 시점으로만 보자면 찬탄을 금치 못할 일이다.

'하지만 이제 끝이다. 방금 펼친 한 수로 인해 거의 모든 내력을 소모했을 터.'

검신 진소월도 저 상태에서 계속 내력을 뽑아 쓰진 못한다. 이제 끝이리라. 더 이상 일어설 기력도 없으리라.

"후속대가 온다 하지 않았더냐! 지금 기회를 놓치면 후일을 장담치 못한다! 죽여! 어서 죽여!"

백 명의 마인에 부시독, 벽력진천뢰까지 더한 이유는 천애검협의 무위를 경계했기 때문도 있지만, 최대한 빨리 그를 죽인 후 검천존의 힘을 빼놓으려는 속셈이기도 했다.

백여 명의 목숨을 소용해 검천존의 힘을 빼놓고 나면, 후속대가 찾아와 다시금 도전한다. 무려 이, 삼백여 명이 차륜전을 펼치는 셈이다.

하지만 지금은 천애검협조차 죽이지 못했으니…….

검마존이 이를 뿌득 갈았다.

"검천존—!"

"목청이 좋은 놈이로다. 귀가 따갑구나."

검천존이 슬며시 검을 찔러 넣었다.

전진교는 한때 천하 도문(道門)의 조종이라 불린 곳으로, 그 무학 역시 도가무학의 정수라 할 만하다. 무당의 것과도 흡사한 음유한 기운이 검마존에게로 향했다.

채채챙—

유약승강강(柔弱勝强剛)이라 했던가?

검마존이 한껏 내력을 일으켜 상대해 보았지만, 검천존의 검은 그의 공격을 부드럽게 흘려내거나, 도리어 자신에게 돌려보낼 뿐이다. 검마존의 미간이 잔뜩 좁혀졌다.

더불어 자연검(自然劍)의 술수도 매섭다. 천지의 사물을 내력으로 움직여 자신에게 보내는데 그 기세가 섬뜩하기 짝이 없다. 주변의 공기가 칼날이 되어 주변을 가득 덮는다.

검천존이 그를 비웃었다.

"후속대가 올 때까지 버틸 수 있겠느냐?"

"이익!"

검마존은 검천존이 자신보다 반수 앞서 있다고 판단했다. 그의 판단은 틀리지 않았다. 다만 그와 같은 절정고수에게 반수란 하늘과 땅 만큼의 차이와도 같다는 점이 문제다. 검마존은 공세를 더할수록 수세에 몰리고 있었다.

'후속대가 오면 끝이다, 후속대가 오면.'

검마존이 그렇게 되뇔 무렵이었다.

조금 전, 검마존과 백여 마인이 나타났던 곳에서 구름떼처럼 무엇인가 일어났다. 수많은 흑의인들이 나타나 검디검은 먹구름을 이루고 있었던 것이다.

마침내 후속대가 도착하고 말았다.

"마존이시여!"

"천애검협! 천애검협을 죽여라!"

검천존과 공방을 나누던 검마존이 재빨리 외쳤다. 혈존을 꺾는 것이 생의 목표인데, 그것을 이루지 못한 채 이런 곳에서 죽음을 맞을 수는 없다. 천애검협을 먼저 죽이고, 계획했던 차륜전을 시작해야 한다.

마인들이 우렁찬 목소리로 대답했다.

"존명!"

백여 명의 마인을 상대했건만, 이제는 이백여 명이 더해지고 말았다. 소량은 어두운 낯빛으로 구릉을 넘어 쏜살처럼 다가오는 마인들을 바라보았다.

 검천존의 표정 역시 어두워지긴 마찬가지였다.

 "이번에도 화마를 놓치는가? 쯧쯧, 녀석. 한 발 나간 건 좋다만 때가 너무 늦었구나. 나중에 호되게 혼날 줄 알아라."

 자식의 목숨을 거둔 원수를 앞에 두고도 천애검협을 보호하느라 물러나야 할 처지다. 검천존은 검마존과 화마를 번갈아 보고는 크게 신형을 뒤로 뺐었다.

 애써 담담한 표정을 짓고 있지만, 검천존의 표정에는 절망감과 분노가 가득했다. 이성으로 애써 참고 있을 뿐, 속으로는 피눈물을 흘리고 있었던 것이다.

 "어딜 가시오, 검천존!"

 "귀찮게스리."

 검천존이 달려드는 검마존을 보고 오만상을 찌푸렸다.

 소량은 절로 감기는 눈을 억지로 뜨려 노력했다.

 피를 너무 흘린 탓일까?

 몸의 감각이 둔해졌다. 통증도 희미해질 정도였다. 아직 한 줌의 내력이 남아 있긴 하지만, 지금은 운기조식을 할 때가 아니라 발출해야 할 때였다.

 '얼마나 더 싸울 수 있지?'

 소량이 철검을 움켜쥐었다.

 오로지 한 길만을 보다 처음으로 주위를 둘러보았을 때, 소량은 천지 만물에 흐름이 있음을 깨달았다.

그에 역행해서 검로를 펼치면 천지의 기운이 반발하고, 순응하면 오히려 돕는다.

어찌 보면 그것은 결이라고 할 수도 있다. 천지가 조화를 이루고 있으니, 그것을 깨어서는 아니 된다.

결을 깨는 대신 좇아 검로를 펼쳐야 한다.

그리했더니 검강의 모습이 사라진다.

무형검강(無形劍罡)이라!

천하의 기운 속에 숨어 소량의 검강이 나타나는 셈이다.

'최소한 한 번은 가능해.'

소량이 쿨럭거리며 검을 허공에 겨누었다. 그리고 조금 전처럼, 천지의 흐름에 순응하여 검을 뻗어낸다.

"헉?!"

공포에 질려 검마존의 명령조차도 무시하고 물러나기만 하던 하무양이 크게 놀라 헛숨을 들이켰다. 하무양은 재빨리 주변의 동료들을 바라보며 고함을 질렀다.

"경시하지 마라! 피해, 피해야 한다!"

"흥! 겁에 질리다니. 그대답지 않구려, 잔영검!"

가장 앞서 있던 흑의인이 하무양을 스쳐 지나가며 소량에게로 달려들었다.

하무양이 거세게 욕설을 내뱉었다.

"이런 멍청한… 크흡!"

자신의 팔을 잘랐던 그 강맹한 기운이 또다시 덤벼든다. 하무양은 눈을 한껏 부릅뜬 채로 내력을 끌어올려 자신을 보호했다. 기운이 상(上)으로 올지, 하(下)로 올지 가늠할 수 없으므로 할 수 있는 한 최선을 다해야 하는 것이다.

휘이잉—

소량이 철검을 휘두르자 광포한 바람이 불어왔다.

"이 일이 끝나도 목숨을 부지하기 어려울 것이오, 잔영검! 그대는 곡의 명령을 어찌 보고……."

말을 하다 말고 흑의인이 털썩, 무릎을 꿇는다.

턱 윗부분에서부터 머리가 터져 나갔으니 말을 하지 못하는 것은 당연한 일일 터였다.

천애검협의 기묘한 일수가 상위로 향했다는 것을 깨달은 하무양은 다급히 몸을 낮추었지만, 갓 나타난 흑의인들은 아무것도 알지 못했다. 그 결과, 무려 오십여 명의 흑의인의 머리가 피보라로 화하고 말았다.

소리는 그 이후에야 들려왔다.

콰콰콰콰—!

하무양을 날려 버린 광포한 바람의 뒤를 쫓아 귀청을 찢을 만한 굉음이 들려왔다.

"크아악!"

멀찍이 떨어져 있었기에 운 좋게 목숨을 건졌지만, 그 여파에 당해 사지 중 몇 쪽은 잃어버린 흑의인들이 비명을 토해냈다. 자신의 팔이나 다리 아래쪽이 너덜너덜해진 것보다 피안개가 되어버린 동료들의 모습에서 공포가 밀려든다.

무형검강이 지나간 후로 잠시간, 시간이 정지했다.

침묵을 뚫고 흑의인 하나가 되뇌었다.

"어, 어찌 이럴 수……."

"피하라 하지 않았더냐! 검신 진소월! 검신의 무예다!"

잔뜩 화가 난 하무양이 버럭버럭 고함을 질렀다. 이미 마음에서부터 패배한 하무양이었다. 그는 상대의 위압감을 이기지 못하고 싸울 마음조차 버린 것이다.

검마존은 그런 하무양이 마음에 들지 않았다.

"저자는 이미 검신의 진전을 이……."

서걱.

섬뜩한 소리와 함께 하무양의 목이 바닥에 툭 떨어졌다. 그의 목을 베어버린 검마존이 재빨리 명령을 내렸다.

"지금이라면 천애검협의 목숨을 거둘 수 있다. 그는 지쳐 있어. 멍하니 있지 말고 기회를 만들어라, 버러지들아."

검마존 본인이 나선다면 천애검협의 목숨을 취하는 것은 여반장이나 다름없는 일일 테지만, 검천존이 있으니 어찌할 도리가 없다. 지금은 수하들이 기회를 만들어주어야 한다. 천애검협의 목숨을 최대한 빨리 취한 후, 계획했던 차륜전에 들어가야 하는 것이다.

"저들이 기회를 만들어줄 수 있을 것 같으냐?"

신형을 날린 검천존이 피식 웃으며 소량의 앞에 착지했다.

"어디 한번 해보자꾸나."

검천존의 음성이 새로운 전투의 시작을 알렸다.

第二章

해후(邂逅)

1

 선공(先攻)은 검마존이 먼저 취했다.
 비록 수세에 몰리기는 했지만, 검천존이 홀몸이었을 때에도 능히 감당해 내었던 그였다. 검천존에게 천애검협이라는 혹이 딸린 지금은 응당 승기를 쥘 수 있으리라.
 "손이 부족하시겠소, 검천존!"
 "시끄럽다!"
 검천존이 음유한 검로를 펼쳐 그의 공격을 막아내었다.
 그의 검세를 막는 것은 어렵지 않으나, 문제는 반격을 할 수가 없다는 점이었다. 그랬다가는 소량의 목숨을 장담할 수가 없는 것이다.

"으으음."

어떻게든 일어나려 버둥대는 소량을 보호하듯 선 검천존이 길게 신음을 토해내며 재빨리 검극을 돌렸다. 검마존이 쾌검의 묘리를 섞어 또다시 공격해 왔던 것이다.

나머지 한 손은 소량을 가리키며 빙글빙글 회전하는데, 이는 소량에게까지 쏟아지는 대기의 칼날을 막기 위함이었다.

검마존의 공세를 겨우 막아내고 나면 소량에게 덤벼드는 흑의인들을 베어 넘길 차례였다.

검천존은 흑의인 하나를 들고 있는 검째로 베어버린 다음, 가볍게 손을 펼쳐 땅을 짓누르는 시늉을 했다.

"커헉!"

쿠쿠쿠쿵—!

엄밀히 따지면 그가 펼치는 것은 진짜 자연검로가 아니지만, 그 위력만큼은 자연검로에 못지않았다.

천지간의 기운을 움직이는 것이나 자신의 내력을 이용하는 것이나 결론만큼은 같은 것이다.

반경 오 장여의 땅이 마치 운석이라도 떨어진 것 마냥 움푹 패어들었다. 그 영향하에 있던 흑의인들이 피떡이 되어 단말마를 토해냈다.

"크아아악!"

단번에 스물 남짓한 흑의인들의 목숨을 취한 검천존이 호탕하게 웃음을 터뜨렸다.

"하하하! 혈마곡의 준비가 철저하다는 것은 이미 알고 있었지만, 새삼 감탄을 하게 되는구나! 손발이 이렇게 어지러워진 것은 참으로 오랜만이로다."

"으, 으음."

흑의인들이 질린 표정을 지었다. 당금 무림에 삼천존을 감당할 자가 없다더니, 그 말 그대로였다. 양떼가 아무리 모여봐야 호랑이를 당해낼 수는 없는 것이다.

하지만 검마존은 달랐다.

"허세를 부리시는구려."

검천존의 웃음에 섞인 초조함을 안다. 천애검협 때문에 발이 묶여 마음껏 무학을 펼칠 수 없으리라.

일수에 스물 남짓한 흑의인들의 목숨을 거두긴 했지만, 펼친 내기에 비하면 그 위력은 보잘것없는 수준이었다.

검마존이 우렁찬 어조로 명령을 내렸다.

"화마야, 너는 무엇을 하느냐?"

그렇지 않아도 손발이 어지러운 검천존이다. 여기에 화마까지 나서서 그의 심기를 흩어버린다면 어떻게 될까?

"마존의 뒤에 있습니다."

검마존의 심계를 알아차린 화마가 비열한 미소를 지으며

해후(邂逅) 39

다가왔다. 화마는 검천존을 흘끗 보며 바로 뒤의 천애검협에게로 화마공의 공력을 쏘아 보냈다.

검천존이 버럭 고함을 질렀다.

"놈!"

"어떻게 생각하시오, 검천존? 나는 귀하가 친아들을 지켜내지 못했던 것처럼 천애검협 역시 지켜내지 못할 것 같다고 생각하오만."

소량에게로 쏘아지는 화마공을 막아낸 검천존의 표정이 딱딱하게 굳어갔다. 검천존은 실핏줄이 터져 붉게 달아오른 눈으로 화마를 노려보았다.

살기로 몸이 부들부들 떨려온다.

"네놈이 감히 내 아들을 입에 담느냐?"

"크크큭."

화마가 음침하게 웃으며 뒤로 물러났다. 검천존은 화마를 쫓아 이 보(二步)나 움직였다가 이를 악물며 움직임을 멈추었다. 검천존쯤 되는 고수라면 하찮은 격장지계에는 걸리지 않는 법이지만, 화마가 상대라면 이야기가 다르다.

검천존은 상대가 격장지계를 펼친다는 것을 알면서도 마음이 움직이는 것을 느꼈다.

'참아야 하느니, 참아야 하느니.'

검천존이 애써 심기를 다스리며 손을 가볍게 떨쳤다.

퍽!

 남몰래 소량에게 덤벼들던 흑의인의 머리가 잘 익은 수박처럼 터져 버린다. 그럼에도 불구하고 검천존의 손에는 핏방울 하나 묻어 있지 않았다.

 소량에게서 작은 목소리가 들려온 것은 바로 그때였다.

 "아직은 아니야."

 그야말로 격전의 와중이었지만, 조금 전 무형검강을 보았던 흑의인들은 섬뜩한 공포를 느꼈다. 고개를 떨어뜨리고 있던 소량이 길게 심호흡을 하더니, 천천히 머리를 들었다.

 그 눈동자에서 섬광이 번쩍였다.

 "놈! 내력이 남아 있을 리가 없거늘……."

 검마존이 믿을 수 없다는 듯 외쳤다. 만약 천애검협에게 내력이 남아 있는 것이라면 오늘의 행사는 실패로 돌아가게 되는 것이다.

 하지만 조금 더 생각하니 진실이 보였다.

 검마존이 미간을 잔뜩 찌푸리며 외쳤다.

 "진원지기까지 소용하려느냐?"

 흔히 인간은 혼백으로 이루어져 있다고 한다.

 혼은 곧 신(神)이고 영(靈)이다. 인간을 사유하게 하고 의식을 유지하게 해주는 것이 바로 혼이다. 인간이 죽음을 맞으면 혼은 육신을 버려두고 귀천한다.

백은 곧 정(精)이며 기(氣)이다. 인간이 죽음을 맞으면 혼은 하늘로 날아가고 백은 흩어져 자연으로 돌아가게 된다.

만약 살아 있음에도 불구하고 정기를 모두 소모하면 어떻게 될까? 그것은 곧 백이 흩어진다는 뜻이다.

육신에 더 이상 생명이 깃들지 않게 된다.

"아직은……."

소량이 조그맣게 중얼거렸다.

죽음이 코앞에 이르렀는데 못할 짓이 무엇이랴? 검마존의 말대로 소량은 진원지기, 인간의 육신을 지탱하는 정기 그 자체를 끌어올려 소모하려 하고 있었다.

"아직은 살아 있어."

소량의 눈에 어린 정광이 점점 짙어졌다. 진원지기가 워낙에 정순했던 탓이었다. 도가 무학의 끝에 이르면 양신이 태동하는데, 소량은 이미 그에 근접해 있었던 것이다.

그만한 진원지기를 일순간에 소모한다면 잠시나마 소량은 이전보다 더한 무위를 펼쳐 낼 수 있게 된다.

"그만해라."

소량의 상태를 짐작한 검천존이 조그마한 목소리로 말했다. 소량은 그의 말을 듣지 못한 것처럼 천천히 자리에서 일어났다. 고통을 이겨내지 못해 신음을 토해내면서 말이다.

"크으윽."

소량이 끌어올리는 진원지기가 점점 커졌다.

소량의 옷자락이 저절로 펄럭이는 것과 동시에 부근의 대기가 우우웅, 떨리기 시작했다.

장내가 찬물이라도 끼얹은 것처럼 고요해졌다.

짧은 시간이나마 모두가 정지해 버린 것이다.

"으음."

침묵을 뚫고 검마존이 신음을 내뱉었다. 도대체 얼마나 원정이 정순하기에 저런 위력을 보인단 말인가! 저만한 내기가 한 번에 폭발한다면 자신으로서도 감당할 수가 없다.

그 순간, 당장에라도 폭발할 것처럼 늘어나던 기세가 폭풍전의 고요처럼 멈추어 버렸다. 옷자락도 더 이상은 펄럭이지 않았고, 진동하던 대기도 서서히 가라앉는다.

고요한 가운데서, 소량이 조그맣게 중얼거렸다.

"와라."

검마존은 미간만 찌푸릴 뿐, 소량에게 다가가지 않았다. 그것은 흑의인들 역시 마찬가지였다. 그들은 가까이 다가가는 대신, 조금 물러나 소량이 죽음을 맞기를 기다렸다.

단 한 명에게 겁을 먹고 모두가 물러선 것이다.

"그만두라는 말을 듣지 못했느냐?"

검천존이 노기 어린 어조로 외치는가 싶더니, 눈 깜짝할 새에 다가와 소량의 혈도 몇 군데를 짚었다. 설마 하니 검천존이 말릴 줄은 몰랐던 소량이 뒤늦게 피해보았지만, 검천존의 손길은 이미 지나간 후였다.

"큭!"

진원지기를 마음껏 움직일 수 없게 된 소량의 얼굴이 붉게 달아올랐다. 혈도가 막히자, 이미 끌어올린 진원지기가 갈 길을 찾지 못하고 사방으로 뻗어나가려 하는 것이다.

주화입마(走火入魔).

"운기해라!"

검천존이 엄히 외쳤다. 아직 모든 진원지기를 뽑아낸 것은 아니었지만, 뽑아낸 진원지기만으로도 심지만 남은 유등과 다를 바가 없다.

어떻게든 진원지기를 다시 취해야 했다. 당연히 모두를 다시 취할 수는 없겠지만, 최소한 일부라도 취해야 한다.

"운기하지 못할까!"

하지만 소량은 얼굴을 붉힐 뿐 옴짝달싹하지 못했다. 오히려 눈가가 부들부들 떨리고 동공이 풀어진다.

'이런, 의식을 잃었구나!'

검천존의 표정이 다급해졌다. 만약 의식을 잃은 것이라면 진기도인을 해야 한다. 의념으로 기운을 이끌어도 태반의 진원지기를 잃어버릴 것이 분명한데 진기도인을 한다면 어찌 되겠는가? 모두 소모하게 된다고 해도 과언이 아니다.

게다가 지금은 진기도인을 할 수 있는 상황도 아니다. 대적이 눈앞에 있으니 그럴 짬이 없다.

검천존조차도 갈피를 잡지 못하고 당황할 찰나였다.

'이, 이놈 봐라?'

검천존의 눈이 휘둥그레 커졌다. 소량의 안색이 편해지기 시작한 것이다. 의식이 없는 것이 분명하다면, 그가 익힌 무학이 저절로 움직여 진원지기를 수습하고 있다는 뜻이다.

검천존은 등골에 소름이 오싹 돋는 것을 느꼈다.

'도대체 어찌 된 놈이기에!'

내색은 안 했지만, 처음 진원지기를 끌어올릴 때도 경악을 금치 못했던 검천존이었다. 소량이 끌어올린 진원지기는 검천존조차도 긴장시킬 정도였던 것이다.

만약 이 상태로 조금 더 성장해 양신이 태동한다면?

천존이 된다.

삼천존이 사천존이 되리라.

소량의 나이를 감안하면 말도 안 되는 일이었다.

고작 이십대에 천존의 경지를 엿보는 자가 있다니 말이나 되는 이야기인가.

검천존이 침을 꿀꺽 삼켰다.

'태허일기공은 신선의 공부라더니…….'

게다가 지금의 모습으로만 보자면 한 번 뽑아낸 진원지기를 대부분 회수하는 듯하다.

 말도 안 되는 이야기다. 태허일기공이라는 무학이 어떤 무학이든 간에 있어서는 아니 될 일이다. 검천존은 일순간이나마 화마에 대한 복수까지도 잊고 말았다.

 혼란스러워하던 검천존은 평야로 다가오는 익숙한, 그리고 너무나 반가운 기운을 느끼고 나서야 정신을 차렸다.

 "화는 홀로 오는 법이 없고 복은 쌍으로 오는 법이 없다고 하지만 모두 틀린 말이로구나. 역시 화와 복은 함께 오는 법이지. 화는 이미 왔으니 이제 복이 올 차례야."

 반면, 검마존의 안색은 점점 어두워지고 있었다.

 검천존이 소량의 혈도를 제압한 때로부터 소량이 스스로 운기를 시작할 때까지 찰나의 시간이 걸렸을 뿐이지만, 검마존에게 있어서까지 찰나인 것은 아니었다.

 만약 그가 술수를 부리고자 했다면 그 짧은 시간 내에서도 능히 해낼 수 있었으리라.

 하지만 그는 살수를 펼치지 못했다.

 그 역시 다가오는 인기척을 느꼈기 때문이었다.

 "어찌 그가 여기에……."

 검마존이 침음성을 흘리며 재빨리 뒤로 피했다.

 터엉—!

 커다란 종이 울리는 소리와 함께, 그가 있던 자리에 두터운

장창이 떨어졌다. 현무(玄武)가 양각된 묵철 장창이었다.
"창천존."
검마존이 조그맣게 중얼거렸다.

2

검천존이 강제로 혈을 두드려 기운의 발출을 막았을 때였다. 소량은 말 그대로 죽음을 각오했다. 진원지기가 전신을 광포하게 두드렸고, 끔찍한 통증이 뒤를 따랐다.

심기를 모두 소모하지 않았다 하더라도 견디기 어려웠을 텐데, 생사의 간극을 수십 번도 넘게 넘기며 지칠 대로 지쳐버린 지금은 어떻겠는가?

소량은 그만 의식을 잃어버리고 말았다.

그러자 태허일기공이 일어났다.

진원지기가 마치 살아 있는 생명체처럼 움직여 태허일기공이 안내하는 길을 따랐다. 진원지기는 육신을 돌아 중단전으로 향했고, 중단전에 이르러서는 전신으로 녹아들었다.

죽음의 위기에서 태허일기공의 진면목이 드러난 것이다.

그것은 또한 일종의 기연(奇緣)이기도 했다.

태허일기공은 특별히 무학의 경지를 구분하지 않지만, 도가 무학의 기준으로 보면 소량은 이미 예전에 상승의 경지에 진입한 것이나 다름없었다.

소약(小藥), 대약(大藥)은 진작에 넘었고 일월합벽(日月合璧)의 경지를 지나 대주천(大周天)을 이루었다.

그리고 조금 전의 일전으로 인해, 소량의 상단전이 미약하게나마 깨어났다. 소량이 천지간의 기운을 느끼고, 거기에 흐름이 있음을 깨달을 수 있었던 것은 그 덕택이었다.

본래 그 정도 경지에 이르면 마경(魔境)이 찾아오게 마련이다. 천지간의 기운이 형상을 띠고 나타나거나, 심마가 심상으로나마 구현되어 수행하는 이를 괴롭히는 것이다.

그러나 소량은 마경을 겪지 않았다. 진원지기가 한차례 몸을 회전하고 지나가면서 사사로운 기운을 태워 버리더니, 곧바로 중단전에 진입해 녹아버린 것이다.

이제 미약하게나마 상단전과 중단전, 하단전이 모두 열렸다. 육신에 남은 조금의 사기를 마저 태우고 나면 정기신이 일체가 되고, 그러면 곧 양신이 태동하리라.

어쩌면 그것은 소량의 마음이 바로 섰기 때문일 수도 있다. 중단전이 열린다는 것은 곧 마음이 열린다는 것. 협과 대의 사이에서 흔들리던 소량의 마음이 평온을 찾지 못했다면 기연을 얻기는커녕 목숨을 잃었으리라.

하지만 소량은 자신의 상태를 조금도 깨닫지 못했다.

뒤늦게 정신을 차리자 조금 전만큼이나 끔찍한 통증이 밀려들어 온 것이다.

"커헉, 쿨럭!"

 진원지기가 수습되자 검천존이 혈도를 짚은 것도 소용이 없게 되고 말았다. 마지막으로 남은 약간의 기운이 회전하며 검천존이 막은 혈도를 뚫어버린 탓이었다.

 그 과정에서 일부의 진원지기가 새나가고 말았다.

 물론 정도 이상으로 손해를 입은 것은 아니었다. 문제는 운기를 멈췄다는 것 자체에 있었다. 그렇지 않아도 지쳐 있던 육신에서 모든 활력이 빠져나가고 말았다.

 선 채로 혼몽에 빠져 있던 소량이 무릎을 털썩 꿇었다. 소량은 상반신이 휘청거리는 것을 느끼며 앞을 바라보았다.

 '검천존… 아니, 반선 어르신.'

 검천존이 종횡무진하며 검마존과 일전을 겨루고 있었다. 자신을 보호하느라 그의 공격은 자유롭지 못했다. 검마존은 반격을 당할까 싶으면 뒤로 물러나면 그만이었다.

 이상한 점은 검마존이 미친 듯이 공세를 취하고 있다는 점이었다. 마치 지금이 아니면 안 되는 사람처럼 다급해 보이기도 하고 초조해 보이기도 한다.

 그때 소량의 귓가에 우렁찬 목소리가 들려왔다.

 "으하하! 검천존, 자네가 이렇게 부지런한 건 처음 봐! 평소에는 굼벵이 같았는데!"

소량으로서는 처음 듣는 목소리였거니와 처음 느끼는 기운이었다. 도천존, 검천존을 보았을 때처럼 강대한 기운이 소량에게로 접근해 오고 있었다.

소량의 눈이 점점 커져 갔다.

"어디, 나도 한 몫 끼어볼까?"

추레한 노인이 불현듯 나타나 손을 뻗자, 검천존 부근에 꽂혀 있던 검은 장창이 저절로 허공에 떠올라 노인의 손에 잡혔다. 곧 노인의 창이 천지사방을 종횡하기 시작했다.

소량으로서는 상상도 할 수 없는 무위였다.

'어쩌면 이건 현실이 아닐지도 몰라.'

소량은 눈앞에서 벌어지는 상황이 현실이 아니라 꿈속의 일인 것 같다고 생각했다.

노인의 놀라운 무위 때문만은 아니었다. 노인이 나타나고 난 후로 조금 뒤에 동생들의 얼굴이 보였기 때문이었다.

영화와 승조, 태승이 동쪽 구릉에 있다.

그뿐이 아니다.

실종되었다던 유선이도 함께 있다.

"동생들, 내 동생들."

소량이 환하게 미소를 지었다.

반 시진 전의 일이었다.

영화는 유선을 품에 안고 미친 듯 경공을 펼쳤다. 태허일기공이라는 말을 듣자마자 머리가 새하얗게 변해 아무것도 생각할 수가 없었다.

거기에 더하여 마기(魔氣)라니.

영화의 표정이 창백해진 것은 당연한 일일 터였다.

승조나 태승이라고 다를까! 둘 모두 가진바 내력을 모두 쏟아 경공을 펼치고 있었다. 앞을 가로막는 나뭇가지 따위가 있다면 장력을 쏟아내어 부숴 버리고 지나간다.

그렇게 당도한 유영평야는 참혹하기 짝이 없었다. 널브러진 시신들, 미친 듯이 공방을 나누는 몇 명의 절대고수, 그리고 처참한 몰골로 무릎을 꿇고 주저앉은 소량.

"형, 형님?"

승조가 멍하니 중얼거렸다. 그저 바라보기만 했는데도 절로 눈물이 고였다. 자기는 괜찮다며 먹을거리를 몽땅 나눠 주고 물로 배를 채우러 가던 큰형이 몸조차 가누지 못하고 무릎을 꿇고 있다. 저도 배고팠을 텐데, 저도 무서웠을 텐데 꾹 참고 다섯 살 자신을 돌보아주었던 아홉 살 소년이 저렇게 처참한 몰골로 앉아 있다.

눈이 마주치자 그가 웃었다.

승조는 더 이상 앞뒤 가릴 생각을 하지 못했다.

"형님, 형아!"

승조가 어린아이처럼 외치며 신형을 날렸다.

당가의 소가주, 당유회가 재빨리 그를 붙잡았다. 어떤 일이 벌어져도 입가를 비틀며 냉소할 것 같았던 그가 이처럼 비이성적으로 나올 줄은 상상도 하지 못했다.

"자네 미쳤나? 수백 명을 상대로 맨몸으로 무슨 짓인가!"

"소량 오빠!"

이번에는 영화가 앞으로 달려나간다.

당유회가 크게 놀라 그녀의 옷자락을 부여잡자, 영화가 새된 목소리로 비명을 지르며 몸부림쳤다.

"이보시오, 진 소저! 마음은 알겠지만……."

"놔! 놓으란 말이야! 오빠!"

영화가 예의조차 잊었는지 반말로 외치며 발악했다. 영화의 무학이 뛰어나다 보니 당유회로서도 잡고 있기가 쉽지 않았다. 당유회는 내심 식은땀을 흘렸다.

"놓지 않으면 죽여 버린다! 놔!"

거센 음성에 고개를 돌려보니 그간 동행했던 당가의 총관, 당문기가 태승을 붙잡고 있는 것이 보였다. 학문의 깊이가 깊어 어린 나이에도 불구하고 군자의 풍모를 보이던 태승이 거칠게 욕설을 내뱉고 있었다.

얼떨결에 영화의 품에서 떨어진 진유선도 소량을 보며 울음을 터뜨렸다. 연신 할머니를 찾으면서 말이다.

당유회는 자신의 호위무사 두 명이 진유선을 붙잡은 것을 보고 내심 안도의 한숨을 내쉬었다.

"이, 이런!"

그 순간, 가장 먼저 영화가 빠져나갔다. 승조와 영화를 동시에 잡고 있으려니 당유회도 힘에 부쳤던 것이다.

영화를 놓쳐 당황하는 틈을 타 승조마저도 빠져나갔다.

"자네, 진 생원을 잘 붙잡고 있게!"

당유회가 빠르게 명령을 내리고는 진가 남매의 뒤를 따라 흑의인들 틈으로 뛰어들었다.

귓가로 총관, 당문기의 낭패한 음성이 들려왔다.

"이미 놓쳤습니다!"

점잖은 사람이 화를 내면 더 무섭다던가.

고개를 돌려 당문기를 바라보니 가슴께의 옷자락이 찢어져 있다. 태승이 장력을 날려 당문기를 후려치고는 몸을 뺀 것이다. 연배가 어리다 하여 내심 태승을 우습게 보았던 당문기는 그의 손에 실린 내력이 범상치 않음을 보고 대경하여 그를 놓아주고 말았다.

"같이 가, 언니! 으아앙! 오빠, 큰오빠아."

진유선의 울음소리가 더욱 커졌다. 그 어느 때보다도 혼자 남았다는 공포를 진하게 느낀 진유선은 연신 '언니, 같이 가'를 외치며 통곡했다.

해후(邂逅) 53

"빌어먹을!"

주위를 둘러보던 당유회가 잇새로 욕설을 내뱉었다.

어느새 흑의인 하나가 다가오고 있었던 것이다.

쐐애액—!

당유회는 파공성을 내며 검을 날리는 흑의인을 피해 두어 걸음 뒤로 물러났다. 물러난 것은 그였는데 오히려 흑의인이 쓰러진다. 흑의인의 얼굴에는 우모침이 한가득 꽂혀 있었다.

"진 소저!"

흑의인 하나를 쓰러뜨리자마자 산공독을 하독한 당유회가 고개를 돌려 영화를 흘끗 살펴보았다.

영화의 신형은 쾌속하기 짝이 없었다. 앞을 가로막는 이가 있다면 소매로 후려쳐 버리는데, 낭창낭창한 소매에 얻어맞은 흑의인은 여지없이 뒤로 튕겨났다.

기습의 묘를 최대한 살린 공격이었다.

하지만 대부분은 앞으로 달려나가는 데 주력한다. 그녀는 앞에 있는 흑의인의 어깨를 밟고 하늘 높이 솟구쳐 올랐다.

반면, 승조는 싸움은 철저하게 피하고 있었다. 성격이 그래서인지는 몰라도 승조의 무학은 대부분 경공에 치중되어 있었다. 검기가 어린 칼끝을 겨우 피한 승조의 신형이 안개처럼 획, 꺼진다 싶더니 이내 일 장 너머에서 나타난다.

자신의 등을 후려치는 장력을 오히려 이용해 가며 움직이는 속도가 쾌속하기 짝이 없다.

누가 그들을 상인으로, 소박하게 웃으며 아이들을 돌보던 여인으로 보겠는가? 그들은 훌륭한 무인들이었다. 언제 강호에 나가도 무명을 날리기에 부족함이 없으리라.

진가 남매 중 가장 뒤처진 이는 태승이었다.

태승은 영화와도, 승조와도 달랐다. 우직한 성품 탓에 가로막는 흑의인들을 피해내지 못하고 일전을 벌이는데, 도기가 실린 도를 막아내지 못하고 물러나기 일쑤다.

"조심하시오, 진 생원!"

당유회가 빠르게 태승에게로 쇄도했다.

아무리 연배가 어리다고는 하나 그는 당가의 소가주다. 전대의 거마가 끼어 있지 않은 한, 다섯 명이 넘는 고수가 합공을 해오더라도 능히 감당할 수 있다.

태승의 뒤에 선 당유회가 호접비를 날리자, 흑의인이 목의 동맥이 잘린 채로 무릎을 꿇었다.

"빈틈을 만들어주시오!"

"흡!"

대답 대신, 태승이 크게 호흡을 삼켰다. 뒤에 당유회가 있음을 알고 안심하고 앞으로 쏘아진 것이다.

비록 검기상인의 경지에 이르지는 못했지만, 태승의 무학 역시 결코 낮지 않은 것. 태승은 조금의 손해도 없이 흑의인

두 명의 시선을 자신에게로 돌리는 데 성공했다.

"커헉!"

흑의인 두 명이 동시에 무릎을 꿇었다. 한 명은 우모침을 피하려다 호접비에 찔렸고, 다른 한 명은 우모침과 호접비는 모두 피해냈으나 태승의 장력을 피하지 못했다.

당유회는 그들의 죽음을 확인하지 않았다.

그들의 생사는 독이 대신 확인해 줄 것이다.

"이걸 입에 무시오, 진 생원!"

피독주 하나를 꺼내어 태승에게 던진 당유회가 하독을 시작했다. 피독주를 입에 넣은 태승이 격전의 와중에서도 시선을 돌려 소량을 바라보았다.

소량 쪽에 가장 근접한 것은 영화였다.

'큰누이, 부탁합니다. 제발……'

태승이 간절한 눈빛으로 영화의 뒷모습을 바라보았다.

영화는 경공을 펼치면서도 조그맣게 속삭이고 있었다.

"비켜, 비켜. 제발 비켜줘."

난전의 한가운데에서 영화는 어린 시절을 떠올렸다.

할머니를 만나기 전에는 영화도 자신의 처지가 서글퍼 울음을 터뜨리는 날이 많았다.

유선이었다면 패악질을 부렸겠지만, 워낙에 유순했던 그녀는 그저 스스로의 처지를 한탄하며 훌쩍일 뿐이었다.

그러면 오빠는 항상 자신의 눈치를 봤다. 오빠의 잘못이 아닌데, 오빠는 잘못한 거 하나도 없는데.

훗날 오빠가 목공의 일을 택한 것도, 우울해하는 자신에게 노리개를 만들어 선물해 주고 싶었기 때문이라 했다.

노리개와 목공 일은 연관이 없지 않느냐고 물었더니, 그는 멋쩍게 웃으며 그때는 옥이 무언지 몰라 푸른 대나무로 노리개를 만드는 줄 알았다고 했다.

할머니를 만나기 전까지 고아였다고?

아니었다.

그들은 이미 가족이었다.

"오빠, 큰오빠."

영화의 움직임이 한층 더 빨라졌다.

승조의 마음이라고 다르랴?

그가 상인이 되려 한 이유는 형과 할머니를 위해서였다. 어릴 때부터 먹을 것을 양보해 준 형에게, 자기는 먹지도 않고 흐뭇하게 웃으며 바라만 보는 할머니에게 평생 좋은 것만 먹고 살게 해주고 싶었다. '제가 나중에 호강시켜 드릴 테니 두고 봐요'가 입버릇이 된 건 그때부터였다.

언제나 보여주었던 그 등을 이제는 보고 싶지 않았다. 터무니없이 작을지언정 형에게 등을 보여주고 싶었다. 이제 자신이 양보하고 싶었다.

"비켜—!"

승조의 마음과 달리, 흑의인들은 쉽게 길을 비켜주지 않았다. 승조가 부근에 떨어져 있던 철검 하나를 주워 들더니 오행검의 화검세의 초식을 따라 실수를 펼쳤다.

"비켜, 비키라고!"

그러나 아직 검기상인의 경지에도 이르지 못한 승조였다. 승조는 금방 수세에 몰려 뒤로 물러나고 말았다.

"이익!"

어깨에서 피가 튀었지만 승조는 괘념치 않았다. 수검세를 펼쳐 적의 공격을 흘려낼 법도 한데, 그는 앞으로 나아가려고만 할 뿐 자신의 안위는 조금도 돌보지 않았다.

그때, 승조의 뒤에 창천존이 내려앉았다.

"흥분하지 마. 마음을 가라앉혀야 해."

말을 마친 창천존이 주변을 흘끔 돌아보았다. 수많은 흑의인들이 다가오는 것을 본 창천존의 입가에 미소가 어렸다.

"좋아, 어디 한번 놀아보자."

그 순간 창천존에게서 느껴지는 기세가 일변했다. 항상 유쾌하고 장난스러운 그였다. 무엇에도 속박되지 않겠다는 마음으로 즐겁게만 살던 그였다.

그러나 지금 그에게서 발출되는 것은 살기였다. 그가 살기를 뿜는다는 사실 자체가 이질적이면서도 섬뜩했다.

쿵―!

창천존은 먼저 가볍게 발을 굴렀다.

승조와 영화, 태승과 유선, 당유회와 당가의 무인들을 제외한 모두의 신형이 가볍게 공중으로 솟구쳐 올랐다. 언젠가 효감부의 연회에서 그랬던 것처럼 말이다.

아니, 그때보다 더 놀랍다. 그때는 무학을 모르는 이가 태반이었으니 그러려니 할 수 있겠지만, 지금은 나름대로 경지에 오른 고수들이 대부분인 것이다.

솟구쳤던 흑의인들이 다시 내려앉을 때였다.

창천존이 실소를 지으며 말했다.

"이게 지희(地嬉)란 거다."

콰아아앙―!

창천존이 묵창을 거꾸로 쥐고 바닥에 내리꽂자 폭음이 울려 퍼졌다. 하늘에서 거대한 기운이 내려오더니, 갓 착지한 탓에 피할 생각도 못 한 흑의인들의 머리에 직격한 것이다.

"크허억!"

흑의인들이 겉보기에는 아무렇지도 않은 상태로 피를 토해냈다. 하지만 그들의 내부는 말 그대로 진탕되어 있었다.

마치 보이지 않는 창에 찔린 것처럼.

한 수에 오십여 명이 넘는 흑의인들을 격살한 창천존이 흘끔 뒤를 돌아보았다. 승조는 창천존의 무위에 놀라지도 않았는지 소량 쪽만 바라보고 있었다.

"내 큰형이라는 사람에게 자네의 형제들을 데려다 주지. 자네는 걱정 말고 먼저 가 있어."

"…예?"

승조가 놀란 표정으로 창천존을 돌아볼 때였다. 창천존이 승조의 목덜미를 움켜쥐고 멀리 집어 던졌다.

"착지는 알아서 해야 해! 으하하!"

창천존은 승조를 집어 던지자마자 곧바로 당유회와 태승에게로 향했다. 부근의 흑의인들이 이미 절명한 상태이므로 그의 걸음은 쾌속했다. 물론 흑의인들이 살아 있었더라도 결과는 다르지 않았겠지만 말이다.

"큭!"

바닥에 아무렇게나 착지한 탓에 두어 바퀴를 구른 승조가 재빨리 고개를 들었다. 고급 비단으로 만든 정장이 여기저기 찢어졌지만 그는 조금도 괘념치 않았다.

승조는 일어나자마자 소량에게 달려갔다.

"형님! 큰형님!"

혼몽에 빠졌기 때문일까? 소량은 지금이 몹시 위험한 상황이라는 것조차 잊어버리고 말았다. 소량은 그저 승조를 다시 만났다는 사실이 기뻐 환하게 미소를 지었다.

'승조야. 내 동생아…….'

돈 버는 재주가 기가 막힌다고 소문이 자자하더니, 얻은 별호조차도 금협이라고 했다. 하긴, 승조가 어릴 적부터 얼마나 영특했던가? 이제 소량 본인의 벌이보다도 나을 터이니 언제 일가를 이루어도 걱정할 것이 없을 터였다.

소량이 힘겹게 팔을 들어 올렸다.

"형님, 괜찮으십니까? 움직이지 마십시오!"

승조가 눈물을 삼키며 외쳤다. 형이 이렇게 처참한 몰골이 되어 있다는 사실 자체가 믿겨지지 않았다. 만에 하나라도 형이 죽을지도 모른다고 생각하자 두려움이 밀려들었다.

"소량 오빠!"

뒤이어 영화가 소량의 앞에 당도했다. 그녀의 무위는 소량을 제외한 형제들 중 가장 뛰어났다. 그녀는 창천존의 도움도 없이 수백 무인을 뚫고 오는 데 성공한 것이다.

"소량 오빠! 이게 무슨……."

예상보다 심한 상처에 깜짝 놀란 영화가 다리에 힘이 풀린 듯 털썩 주서앉았다.

눈물이 고인 얼굴로 소량을 바라보던 영화가 무릎걸음으로 소량에게로 기어와 그의 옆구리를 살짝 만져 보았다.

상처가 깊은 것을 확인한 그녀가 경장을 북 찢어 대뜸 소량의 옆구리를 감쌌다. 자신의 손이 부들부들 떨리는 것을 알아채긴 했는지 떨지 않으려 애쓰면서 말이다.

해후(邂逅) 61

'울 것 없다. 나는 괜찮아.'

영화에게 울지 말라 말해주고 싶었지만, 소량은 목소리조차 제대로 내지 못했다. 너무 피곤해서 당장 잠에 빠져들 것 같았다. 이제야 겨우 다시 만났는데. 아직 자면 안 되는데.

소량이 느릿하게 눈을 깜빡였다.

'더 예뻐졌구나, 영화야.'

예전에도 그랬지만, 지금은 개화한 꽃처럼 아름다워진 영화였다. 시집은 언제 갈 거냐는 질문에 고집스럽게 안 갈 거라고 대답하던 영화를 떠올린 소량이 작게 웃음을 지었다.

생각해 보면 시집을 보내지 않는 것도 괜찮을 것 같다. 만약 혼인한다면 '시집가서 고생하고 있진 않을까' 하는 걱정으로 속이 편한 날이 없으리라.

소량이 그렇게 생각하는 사이, 상처를 싸매던 영화가 울먹이며 승조를 바라보았다.

"어, 어떻게 해? 승조야, 어떻게 해."

"누이, 형님을 부탁합니다."

승조가 자리에서 벌떡 일어나더니, 착지할 때 떨어뜨린 장검을 주워 들었다. 검을 단단히 움켜쥔 승조가 소량을 보호하듯 등지고 섰다.

"염려치 마세요. 제 목숨이 끝나지 않는 한 아무도 형님께 접근하지 못할 것입니다."

"응, 으응."

영화가 고개를 끄덕이고는 부들부들 떨리는 손으로 옷을 찢어 이번엔 소량의 허벅지에 생긴 자상을 감싸 맸다.

정숙한 여인으로 보기에는 민망할 정도까지 옷을 찢어내고 있었지만 큰오빠가 죽어가는데 무슨 대수인가? 그녀는 아예 자신의 상태를 의식하지도 못했다.

한편, 장내를 누비는 창천존의 보보는 쾌속하기 짝이 없었다. 절반 이하로 줄어든 흑의인들이 임무에 실패했음을 알고 도주하고 있었지만 성공하는 이는 하나도 없었다.

천존의 무위란 그런 것이었던가?

가볍게 손을 놀리는 듯하지만 정확히 한 수에 한 명씩 목숨을 잃는다. 그 와중에도 그는 태승과 당유회를 데려다 놓았고, 당가의 무인들과 진유선을 데려다 놓았다.

태승은 소량의 상태를 보자마자 얼굴을 감싸 쥐고 허리를 반으로 굽힌 채 오열했고, 진유선은 소량의 품에 안기려다가 영화가 말리자 흙바닥을 쥐어뜯으며 울음을 터뜨렸다.

평생을 믿고 의지해 왔던 기둥이 이처럼 누워 있는데 멀쩡하게 있으면 그것이 이상한 일이리라.

하지만 소량은 그들의 심정을 이해하지 못했다. 그저 다시 만난 것이 기쁘고 반가워서 바보처럼 웃고 있을 뿐이다.

'많이 컸다. 태승아. 이제 올려다봐야겠어.'

태승은 키가 한 뼘이 넘게 자랐다. 코끝도 거뭇거뭇하고 덩치도 커졌다. 어린아이처럼 엉엉 울고 있긴 하지만, 이제는 어른이 다 되었다고 봐야 하리라.

소량이 유선에게로 시선을 돌렸다.

'실종되었다더니 괜찮은 게냐? 유선아, 괜찮은 게야?'

유선은 하나도 변하지 않았다. 키도 조그맣고 생김생김도 예전과 다를 바가 없다. 가장 많이 컸어야 할 막내가 옛 모습에 가까운 것을 보자 소량의 속이 쓰려왔다.

하지만 무사하기만 하다면 그걸로 됐다.

사지 멀쩡하게 돌아왔으니 기뻐할 일이리라. 앞으로 자랄 날들이 구만리처럼 남았으니 기뻐할 일이리라.

"움직이시면 안 돼요, 오라버니. 제발… 유선이는 괜찮으니 제발 움직이지 마세요."

실종되었던 유선이 이 자리에 있는 것을 본 소량이 저도 모르게 일어나려 애를 썼던 모양이다.

영화가 울먹이며 한 소리에 소량이 알았다는 듯이 고개를 끄덕이고는, 환하게 미소를 지으며 중얼거렸다.

"모두 모였구나."

소량의 말에 영화와 승조, 태승과 유선이 멍하니 그를 돌아보았다. 그러더니 잠시 뒤에는 서로를 바라본다.

그래, 이제야 모두 모였다.

무창의 모옥을 떠난 지 삼 년 만에.

'오랜만이지. 아우들아. 우리 참 오랜만이지.'

소량이 반쯤 감긴 눈을 끔뻑이며 생각했다.

본래의 소량이었다면 끝까지 기절하지 않으려 애썼을 터였다. 버티다 못해 혼절한 적은 있어도 포기한 적은 없다.

하지만 지금은 달랐다.

가족이 함께 있다는 사실이 주는 기이한 안도감…….

'아느냐? 나는 참 너희가 보고 싶었단다.'

그 생각을 마지막으로 소량은 깊디깊은 잠에 빠져들었다. 집에서 쉴 때처럼, 고된 일을 마치고 와서 느긋하게 잠을 청하던 평화로운 그때처럼.

第三章
복수

1

 득의양양했던 검마존의 표정은 이제 딱딱하게 굳어 있었다. 눈 깜짝할 사이에 모든 일이 무위로 돌아가고 말았다. 수하들은 몰라도 자신만은 이런 곳에서 죽어서는 아니 되는데, 이제는 생사조차도 장담할 수가 없다.
 시작은 천애검협이 예상 밖의 무위를 보이면서부터였다. 부시독과 벽력진천뢰를 소용했음에도 불구하고 천애검협은 죽기는커녕 믿을 수 없는 검공을 펼쳐 내었고, 그 덕택에 계획했던 차륜전은 실행조차 해보지 못했다.
 하지만 그것만이라면 상관없는 일이었다.

후속대가 도착했으니까.

문제는 후속대가 당도한 지 얼마 되지 않아 창천존이라는 절대고수도 찾아왔다는 점이었다.

'이런 빌어먹을!'

검마존이 식은땀을 흘리며 주춤주춤 물러섰다.

내력을 한껏 끌어올려 자연검로를 펼쳤건만, 창천존은 아무렇지도 않은 듯 창을 어깨에 툭툭 치며 다가오고 있었다.

곧 창천존이 크게 감탄을 토해냈다.

"이런 신기한 재주는 오랜만에 보는구나!"

창천존은 검천존과는 다른 방법으로 자연검로를 막아냈다. 검천존이 같은 방식으로 대기의 칼날을 만들어 공방을 나누었다면, 창천존은 그만한 내력을 호신강기에 소용했다.

방어하는 데에만 태반의 내력을 소모해야 했기에 반격은 못했지만, 접근하기만 하면 되니 상관없는 일이다.

창천존이 새삼 신기하다는 듯 주위를 둘러보았다.

"어설프지만 재미있어, 아주 재미있어."

검마존이 저도 모르게 이를 뿌드득 갈았다.

'차라리 창천존만이라면 모르겠지만…….'

자신이 공격에 소모하는 내력만큼이나 창천존은 방어에 내력을 소모하고 있다. 창천존 혼자만이라면 이기고 지고를 떠나 한 번 통쾌하게 싸워볼 수 있으리라.

하지만 이곳에는 검천존도 있다.

수하들이 잠시라도 검천존을 막아줄 수 있다면 좋을 텐데, 그것은 꿈에서나 가능한 일이 되어버렸다.

'멍청한 놈들, 어찌 기회조차 만들지 못한단 말이냐?'

마인들 중 살아남은 사람은 한 명도 없었다. 모두 검천존과 창천존, 그리고 천애검협의 손에 목숨을 잃은 것이다.

살아남은 것은 단 한 명, 화마뿐이다.

검마존이 우렁찬 목소리로 화마에게 명령했다.

"화마! 내가 죽으면 너의 목숨도 구명치 못할 것인즉! 너는 잠시라도 나서서 검천존을 막아야 할 것이다!"

"마존이시여……."

두려움에 질린 화마가 더듬더듬 중얼거렸다.

검천존의 아들을 잡아먹은 것은 다름 아닌 자신이다. 어찌나 원한이 깊었는지, 과거의 혈란 때에도 검천존은 혈존마저 도외시하고 자신을 쫓을 정도였다.

화마는 긴장한 얼굴로 침을 꿀꺽 삼켰다.

'한 번 도망갔는데 두 번이라고 못할 것 없지. 마존이시여, 그대의 무위가 잠시나마 방패가 되기를 바라오.'

신도문주 곽채선이 사망할 당시, 자신이 미끼가 되었음을 알아차린 화마는 곡을 배신하고 일신의 안위를 도모했었다. 그때도 행한 일을 지금이라고 못할 이유가 없다.

'죄송하외다, 검마존!'

화마의 신형이 살수처럼 은밀하게 사라져 갔다.

하지만 그것은 크나큰 실수였다. 검마존은 이미 화마의 속셈을 짐작하고 있었던 것이다. 그리고 그에게는 화마의 방패가 되어줄 생각이 조금도 없었다.

"크아아악!"

공중에 솟구쳤던 화마가 바닥에 널브러졌다. 미친 듯이 비명을 지르던 화마는 다리를 어루만져 보고서야 양 무릎 아래가 사라져 있음을 깨달을 수 있었다.

"아악, 아아악!"

그리 오래 지나지 않아 화마는 비명조차 지르지 못했다. 검천존이 지력을 날려 화마의 아혈과 마혈을 점해 버린 탓이었다. 화마는 이로써 자살할 기회조차 잃어버리고 말았다.

'잘해주었다, 화마!'

이 정도면 화마는 화마의 역할을 다한 셈. 검마존은 화마가 다리를 잃는 순간을 노려 검천존에게 검을 집어 던졌다. 자연 검로에 소용해야 할 내력까지 몽땅 검에 실어서.

"흥! 발악을 하는구나."

검천존이 무심한 얼굴로 검을 튕겨내는 순간이었다.

검마존의 얼굴에 미소가 떠올랐다. 검을 튕겨냈다고 안심하는 순간이 빈틈을 만들어주리라.

검마존의 신형이 안개처럼 사라지더니, 상대가 방금 튕겨 낸 검의 검병을 움켜쥐었다. 깊디깊은 내력이 깃들어 있긴 했지만 방금의 비검술(飛劍術)은 허초에 불과한 것이다.

그가 검을 움켜쥐자 사이한 소리가 났다.

츠츠츠츠—

검마존의 검에서 검강이 해일처럼 일어났다.

그저 검을 튕겨냈을 뿐, 몸을 피하지는 않았던 검천존이 눈을 부릅뜬 채 뒤로 물러났다. 이 정도의 지근거리에서는 그로서도 할 수 있는 일이 많지 않았다.

'걸렸다!'

검마존의 살기 어린 미소가 더욱 짙어지는 것과 동시에 검천존의 오른팔에 기나긴 실선이 그어졌다.

서걱!

크게 손해를 입은 검천존이 이를 질끈 깨물었다. 검마존이 노린 것은 본래 목이었는데, 그를 피하기 위해선 오른팔을 제물로 삼는 수밖에 없었던 것이다.

검마존이 득의한 얼굴로 생각했다.

'그 짧은 순간에 목숨을 구명하다니 과연 대단하시오, 검천존. 하지만 이제 팔이 잘렸으니 어찌할 테요?'

검천존과 같은 고수라도 내력을 운용하는 방식은 마찬가지다. 내력을 수삼음경(手三陰經), 수삼양경(手三陽經)을 통해

팔로 보내어 발출한다. 팔이 잘린 지금이니 검천존으로서도 내력을 발출하기는 쉽지 않을 터였다.

'속전속결! 늦으면 오히려 내가 당하리라!'

창천존이 아직 개입하지 않은 지금이다.

이 기회를 놓치면 목숨을 구명할 수 없게 된다.

초조해진 검마존이 빠르게 대기의 칼날을 불러내려 했다.

그때, 깜짝 놀랄 만한 일이 벌어졌다.

"잡았다."

"커헉!"

검천존의 손에 목이 붙잡힌 검마존이 눈을 휘둥그레 떴다. 자신의 목을 잡은 손은 다름 아닌 오른손이었다. 깊이 베이기는 했을지언정 상대는 팔을 잃지 않은 것이다.

"이익!"

그제야 자신이 속았음을 깨달은 검마존이 다급히 검천존의 미간을 찔러 나갔다.

검천존은 그의 목을 놓아주고 허리를 숙여 피해낸 후, 들고 있던 검으로 그의 단전을 베어갔다. 피한다고 피했지만 검마존은 옆구리가 크게 베어지는 것만은 막을 수 없었다.

정신없이 뒤로 물러난 검마존이 대경하여 외쳤다.

"어, 어떻게! 내가 어찌 움직일지 알고 있었다고 해도 최소한 한쪽 팔이 날아갈 각오는 해야 했을 텐데!"

"상관없다."

검천존의 눈빛은 허망하기 짝이 없었다. 그는 검마존의 생사 따위에는 아예 관심조차 없었던 것이다.

검천존의 살기는 오로지 화마에게만 집중되어 있었다.

"너를 죽이고 난 뒤에 내 복수를 해야 하느니."

검마존이 몸을 부들부들 떨었다.

"미쳤구려. 미쳤어. 복수를 빨리 하고 싶은 마음에 팔을 버릴 각오를 한다? 훗날은 염두에 두지 않으시오?"

검천존은 문득 소량을 떠올렸다.

자신이 무어라고 가르쳤던가?

어차피 가야 할 길 미워하며 갈 필요는 없다고 가르쳤다. 사랑하며 가라고, 웃으면서 가라고 가르쳤다. 미움이 없으면 멍청이가 되지만 미움이 과하면 악인이 된다고 가르쳤다.

하지만 지금 자신의 모습은 어떠한가.

웃으며 가는 대신, 살기와 미움으로 가득 찬 채 가고 있다. 미움이 과해 악인 중의 악인이 되어버리고 말았다.

그래서 그는 신선이 아닌 반선이었다. 모든 것을 버렸지만 한 가지 집착만큼은 버리지 못했으니까.

"훗날? 복수가 끝나면 생각해 보지."

검천존이 차갑게 되뇌며 검마존에게로 걸어왔다. 검마존이 이를 뿌드득 갈며 발악하듯 고함을 질렀다.

"으아아아!"

그러자 대기가 한차례 일렁거렸다.

보이지 않는 칼날이 보리를 베고 지나가자 푸릇한 이파리가 초우가 되어 내렸다. 검마존은 가진 모든 내기를 끌어올려 검천존의 주변으로 보내는 중이었던 것이다.

이전과는 비교도 할 수 없을 정도로 강맹한 대기의 칼날이 검천존을 노리고 쏘아졌다.

핏—

검천존의 볼에서 피가 튀었다. 어깨의 옷자락도 찢어졌고, 허벅지에는 아예 길게 자상이 남았다.

하지만 검천존은 걸음을 멈추지 않았다. 그저 가까이 다가가서, 검로라고 말하기에도 민망하리만치 간단한 수법으로 검마존의 목을 찔러 나갈 뿐이었다.

"이이익!"

검마존이 다급히 검을 휘둘러 그를 상대해 갔다.

챙, 채챙, 채챙!

느리게 맞부딪치던 두 개의 검이 점점 빠르게 부딪치기 시작했다. 종국에는 아예 눈에 보이지도 않을 지경이다.

외부에서는 자연검로를 펼쳐 싸우고, 안으로는 직접 검을 부딪쳐 싸우는 식이었다.

그 순간, 창천존의 창이 끼어들었다.

"처, 천하의 삼천존이 합공이라니!"

설마 하니 합공을 할 줄은 몰랐던 검마존이 허겁지겁 왼손을 펼쳐 창천존의 창극을 가로막았다.

창천존은 그에게는 어울리지 않는 무심한 얼굴로 검마존의 손을 내려다보고는 가볍게 힘을 더 주었다.

그의 말대로 합공을 하는 셈이긴 했지만, 벗이 서둘러 복수할 수 있게끔 도와주고 싶었던 것이다.

수세에 몰린 검마존의 얼굴이 점점 붉어졌다.

"이건 아니야. 이래서는 안 돼. 아니야."

창천존의 창극이 점점 검마존의 목으로 다가왔다. 당장에라도 뒤로 물러나고 싶었지만, 삼천존의 합공을 피할 수 있는 방법은 좀처럼 떠오르지 않았다.

"이건, 이건……."

마침내 창극이 검마존의 손등을 꿰뚫었다. 점점 비집고 들어오는 창날을 본 검마존의 눈에 실핏줄이 터졌다.

"이건 아니야—!"

그 말이 검마존의 유언이 되었다.

푸욱.

검마존은 창천존의 창에 목이 꿰뚫린 채로 목숨을 잃었다. 혈마에 도전할 정도의 무인이자, 삼천존과도 비견할 만한 경지에 들었던 검마존치고는 허탈한 최후를 맞고 만 것이다.

창천존은 한동안 묵묵히 그의 시신을 내려다보았다.

잠시 뒤, 창천존이 검천존에게로 시선을 돌리며 말했다.

"합공을 한 셈이지만, 화를 내지는 않겠지?"

"아니, 오히려 고맙네."

창천존이 일부러 멋쩍은 미소를 지어 보였으나, 검천존의 표정은 넋이 나간 사람처럼 멍하기 짝이 없었다.

창천존은 우울한 얼굴로 화마를 돌아보았다. 화마는 다리가 잘린 채로 연신 몸부림을 치고 있었는데, 이제 그의 목표는 도주가 아닌 자살이었다.

마찬가지로 화마를 바라보던 검천존이 작게 속삭였다.

"힘을 빼야 해. 힘을 주어서는 안 돼."

"응? 그게 무슨 소린가?"

창천존이 되물었지만, 검천존은 대답하지 않았다. 그저 휘청휘청 걸어가며 같은 말을 중얼거릴 따름이었다.

"힘을 빼야 해……."

그렇게 화마의 앞에 도착한 검천존이 조용히 그를 내려다보았다. 무슨 말을 해야 할까. 어찌 말해야 이 답답한 속을, 수십 년간이나 풀리지 않은 속을 풀 수 있을까.

어떻게 해야 아들을 보내어줄 수 있을까.

검천존은 아무런 말도 하지 못했다.

그저 조용히 화마의 앞에 앉아, 무릎 아래가 사라진 그의 오른쪽 허벅지를 움켜쥘 뿐이다.

곧 힘을 빼야 한다는 말이 무슨 뜻인지 밝혀졌다.

"한 번에 죽이면 안 되지."

부욱.

무언가 찢어지는 소리와 함께 화마의 신형이 경련했다. 검천존은 산 채로 화마의 다리 한 쪽을 찢어버린 것이다. 그는 거기서 멈추지 않고 이번엔 왼쪽 허벅지를 움켜쥐었다.

"내 아들의 정기가 이 다리에도 흘렀을 터."

그다음에는 오른팔, 그다음에는 왼팔의 차례였다.

화마의 경련이 더욱 심해졌다. 도대체 어떤 혈도를 짚었는지, 끔찍한 통증에도 심장은 멈추지 않는다. 화마는 팔과 다리가 사라진 육신을 바르르 떨며 눈물만 흘릴 뿐이었다.

검천존이 허망한 표정을 지었다.

'왜지? 드디어 복수를 하는데, 왜지?'

복수를 하면 조금이나마 속이 풀릴 줄 알았다. 아들의 죽음을 온전히 받아들일 수 있을 것 같았다.

하지만 왜인지 더 답답해진다. 늙은 몸에는 어울리지 않는 혈기가 그의 전신을 지배했다. 까닭 없이 소리를 지르고 싶었고, 눈에 보이는 모든 것을 부숴 버리고 싶었다.

검천존이 핏발 선 눈을 부릅뜨며 외쳤다.

"차라리 너는 내 아들을 인질로 잡았어야 했어!"

검천존이 화마의 살점을 한 움큼 뜯어내었다.

"그랬더라면 내 목숨을 주었을 텐데! 한 점 거리낌 없이 죽어주었을 텐데! 대의? 상관없어! 사사로운 정에 이끌려 대의를 잊었다고 손가락질을 해도 상관없었어! 그런데 왜! 왜 내 아들을 노렸느냐? 도대체 왜……!"

듣는 이의 모골이 송연해질 정도로 처절한 외침이었다.

창천존이 눈을 휘둥그레 뜨고 그를 바라보았다. 오랜 세월 교분을 나눠왔지만, 벗의 이런 모습은 처음 보는 것이었다.

외침이 끝나자 공허한 고요가 내려앉았다.

검천존은 하마터면 단번에 화마를 죽일 뻔했다는 것을 깨닫고는 크게 심호흡을 했다. 그는 뭔가 이상하다는 듯 주변을 둘러보다가 조그맣게 중얼거렸다.

"비명. 그래, 비명이 빠졌구나."

검천존이 천천히 화마의 아혈을 풀어주었다. 화마가 숨을 토해내자 검천존은 손가락을 그의 입안에 넣어 혀를 잡았다. 화마가 혀를 깨물고 자살할까 두려웠던 탓이었다.

화마는 힘껏 검천존의 손가락을 깨물었지만, 검천존은 통증을 느끼지 못하는 사람처럼 꿈쩍도 하지 않았다.

"비명을 질러보아라."

"우우웁!"

검천존은 화마의 어깨에 손을 가져갔다.

팔을 잃어버린 탓에 흰 뼈가 보이는 어깨를 흘끔 내려다본 검천존이 그 안에 손가락을 넣고 후비기 시작했다.
 "비명을 질러."
 "으음."
 화마 대신 창천존이 오만상을 찌푸리며 고개를 돌렸다.
 그의 복수심을 알기에 감히 관여하진 못했지만 차마 눈 뜨고는 볼 수 없는 처참한 풍경이었다.
 아예 몸까지 돌려 버렸건만, 채워지지 않을 무언가를 복수로서 채우려는 벗의 슬픔이 고스란히 전해졌다.
 지독한 쓸쓸함을 느낀 창천존이 눈을 지그시 감았다.
 그렇게 얼마나 지났을까.
 마침내 화마의 신음소리가 사라졌다.
 "……."
 창천존은 그래도 뒤를 돌아보지 않았다. 혹시나 자신의 오랜 벗이 흐느끼고 있을까 봐 덜컥 겁이 난 것이다. 창천존은 그가 말을 걸 때까지 절대 돌아보지 않으리라 결심했다.
 대신 창천존은 소량의 가족들에게로 시선을 돌렸다. 영화와 승조, 태승과 유선은 위험이 사라졌음을 알고 소량의 상처를 치료하는 데에 집중하고 있었다.
 당유회가 함께 있다는 점이 큰 도움이 되었다.
 독과 약은 본래 한 몸이나 다름없는 법, 당가의 독인들은 대부분이 뛰어난 의원이다. 당유회는 소량의 외상은 물론 환약들을 꺼내어 내상까지도 다스리고 있었다.

창천존이 수염을 벅벅 긁으며 생각했다.

'참 독특하지, 참.'

천애검협의 무위를 직접 보지는 못했지만, 오면서 느낄 수는 있었다. 자신이 느낀 것이 정확하다면 천애검협은 이미 삼천존의 경지에 근접해 있다는 말이 된다.

'나도 저 나이에는 그렇게까지 하지 못했는데.'

그 동생들은 또 어떠한가?

낭창낭창한 소매를 휘둘러 적을 물리치던 영화의 공력은 또래 중 최고라 할 만했다.

그런 영화도 경신의 공부로만 따지면 승조만 못했다. 승조의 경공은 신투의 옛 모습을 보는 것 마냥 신속했다.

느리게 가는 것이 오히려 가장 빠를 수도 있는 법. 아직은 부족할지 모르지만, 올바르게 무공을 배웠으니 태승은 훗날에라도 대성할 것이 분명하다. 함께 다녔던 유선은 투로를 알아보는 데만큼은 귀신같은 재주를 지닌 기재였다.

천하에 누가 있어 저런 후손들을 길러낸단 말인가!

"진 대부인. 참 부럽소……."

창천존이 조그맣게 중얼거렸다.

2

그로부터 반 시진 뒤의 일이었다.

상황이 어느 정도 정리되자 당유회는 굵은 나뭇가지 두 개를 꺾고, 거기에 장포를 감아 들것을 만들었다.

할 수 있는 모든 조치를 다 취했는데도 불구하고 소량의 내외상이 호전되지 않았으니 어쩔 수 없는 일이었다.

소량의 맥을 짚어본 창천존은 당유회의 처치가 온당하다고 생각했는지 별다른 말을 하지 않았다. 다만 그는 약간의 추궁과혈을 보태었는데, 당유회는 그것이 자신의 치료보다 월등히 낫다며 크게 감탄을 토해내었다.

그 후, 소량은 웅성부의 만복객잔으로 옮겨졌다.

당유회는 아예 후원이 딸린 별채를 통째로 빌린 후 소량의 치료에 들어갔다. 처음에는 '시간이 문제일 뿐, 능히 다스릴 수 있다'고 자신만만하게 장담했던 당유회는 시간이 지날수록 난감한 기색을 표했다. 말도 안 되는 표현이지만, 마치 내상이 겹겹이 싸여 있는 것만 같았다.

부시독의 독성을 해독하면, 벽력진천뢰가 남긴 화독(火毒)이 문제를 일으킨다. 화독을 치유하고 나면 이번엔 혈맥과 장기가 문제가 된다.

상태가 악화되었다 호전되기를 반복할 뿐, 소량의 치료는 좀처럼 진전을 보이지 못했다. 알고 보면 소량은 당장 죽어도 이상할 것이 없는 상태였던 것이다.

천만다행이랄 것은 소량이 익힌 무학이 몹시 뛰어나다는 점이었다. 당유회조차 눈치채지 못할 정도로 느릿했지만, 태허일기공은 꾸준히 소량의 육신을 치유했다.

그렇게 스무 날의 시간이 흘렀다.

날이 어둑어둑해질 무렵, 깊은 잠에 빠져든 사람처럼 꼼짝도 않던 소량이 느릿하게 눈을 떴다.

'여기는…….'

가장 먼저 보인 것은 낯선 천장이었다. 소량은 그 상태로 눈만 몇 번 끔뻑이다가 천천히 몸을 일으켰다.

전신에서 통증이 일었다.

허벅지와 어깨, 팔에 난 외상은 물론, 단검에 찔렸던 옆구리의 상흔까지 아프지 않은 곳이 없다.

"으음."

신음을 길게 토해내던 소량이 문득 따스한 온기를 느끼곤 옆을 내려다보았다. 바로 옆에서 작은 여아가 새우처럼 몸을 말고 도로롱 도로롱 코를 골며 자고 있었다.

여아는 다름 아닌 진유선이었다.

고개를 돌려보니 이번엔 승조와 태승이 의자에 앉아 불편한 자세로 졸고 있는 것이 보였다.

승조는 팔짱을 낀 채 목을 뒤로 꺾고선 입을 헤벌리고 있었고 태승은 점잖은 자세로 고개만 푹 꺾고 있다.

  소량의 눈이 휘둥그레 커졌다.

 '꿈이 아니었던가?'

  동생들과 만난 것을 꿈으로만 여겼던 소량이었다.

  그는 깜짝 놀라 주위를 둘러보다가, 유선이 실종되어 있었음을 새삼 깨닫고는 재빨리 고개를 내렸다.

  겉으로는 멀쩡해 보이지만, 형제들과 떨어진 사이에 골병이 났을지 누가 알겠는가? 소량은 조심스럽게 손을 뻗어 그녀의 맥문을 쥐었다.

  "무사했구나. 실종되었다더니 무사했어."

  소량의 입에서 안도의 한숨이 터져 나올 때였다.

  챙그랑―

  어디선가 그릇이 떨어지는 소리가 들렸다.

  고개를 돌려보니 문가에 영화가 서서 양손으로 입을 가리고 있는 모습이 보였다. 발치에 그릇 하나가 구르고 있는 것이, 약을 달여오던 중이었나 보다.

  소량이 반가움 가득한 미소를 지으며 그녀를 불렀다.

  "영화야!"

  영화가 울먹이며 고개를 숙였다. 슬픔이 북받치는지 그녀는 소매로 눈가만 훔칠 뿐, 소량에게 다가가지도 못했다.

처음 소량이 다친 것을 보았을 때 어땠던가!

처참한 몰골을 보자마자 머리가 백지처럼 변해 버렸다. 그 이후에는 그를 살려야 한다는 생각밖에 하지 못했다. 그녀는 반라가 될 때까지 옷을 찢어 상처를 싸매고 또 싸맸다.

슬픔이 찾아온 것은 그의 미소를 보았을 때였다.

죽음을 목전에 두고도, 그는 동생들을 만난 것이 기뻐 바보처럼 웃었다. 만신창이가 되어서도 제 몸을 돌보기는커녕 동생들의 얼굴만 훑어볼 뿐이었다.

지금도 그는 그렇게 웃고 있다.

"소량 오라버니."

영화가 조심조심 소량에게 다가와 그의 소매옷깃을 꼬옥 쥐었다. 그러지 않으면 큰오빠가 당장에라도 사라질 것만 같아서 어쩔 수가 없었다.

"다 큰 녀석이 어울리지 않게……."

소량은 소매를 흘끔 내려다보고는 실소를 지었다.

"동생들은 모두들 무탈하더냐? 다들 다친 곳은 없어?"

"응, 으응."

영화가 울먹이며 고개만 열심히 끄덕였다.

소량의 눈매가 부드럽게 휘었다. 이제 어른이 되어버린 줄 알았는데, 지금 보니 어릴 적의 모습이 고스란히 남아 있다. 소량은 미소를 지으며 영화의 머리를 쓰다듬어 주었다.

"많이 힘들었지?"

책임감이란 무섭다.

할머니를 만나기 전까지만 해도 소량은 한 번도 잠을 제대로 자본 적이 없었다. 작은 소리에도 깜짝 놀라 깨기 일쑤였고, 그림자만 어른거려도 고개를 들기 일쑤였다.

영화도 마찬가지였으리라. 난데없이 닥친 흉사에 동생들을 지켜야 한다는 생각에 잠을 이루지 못했으리라.

"고생이 많았다. 정말 잘했어."

소량의 소매를 쥔 영화의 손힘이 더욱 강해졌다.

인기척에 놀라 잠에서 깨어난 유선이 눈을 잠깐 비볐다. 그리고 멍하니 주위를 둘러보다가 소량을 발견하고는 울먹이는 표정으로 입술을 비죽였다.

곧 유선이 꼬물꼬물 기어와 소량의 품에 포옥 안겼다.

"소량 오빠……."

"그래, 유선아. 큰오빠다."

소량이 등을 두드려 주자 유선이 훌쩍훌쩍 울기 시작했다. 다시는 놓지 않겠다는 듯 소량의 목을 꼭 껴안고서 말이다.

그 울음소리가 다른 형제들을 깨웠다.

"형님?"

잠에서 갓 깬 승조가 놀란 얼굴로 소량을 바라보았다.

"큰형님!"

마찬가지로 잠에서 깨어난 태승이 벌떡 자리에서 일어나 소량이 누운 침상으로 달려왔다.

 "승조야, 태승아!"

 소량이 환하게 미소를 지었다.

 천만다행히 모두 무사해 보인다. 표정이 좀 어두워서 그렇지, 모두들 사지 육신 멀쩡하고 눈빛도 맑다.

 기이한 안도감과 함께 절로 입꼬리가 올라간다. 이 순간을 얼마나 기다렸던가. 이 순간을 얼마나 기대했던가. 마침내 동생들을 다시 만나고 나니 웃음을 참을 수가 없다.

 "뭐가 좋아 그리 웃고 계십니까? 저희가 얼마나 걱정을 했는지 알기나 하십니까?"

 한달음에 다가온 승조가 불퉁한 어조로 말했다.

 퉁명스러운 말투와는 달리 승조는 연신 소량의 안색을 살피며 이상한 데가 없나 찾아보고 있었다.

 "그랬더냐? 미안하구나, 미안해."

 소량이 그 심정을 안다는 듯 미소를 지었다. 그리고는 유선의 등을 계속해서 두드리며 질문을 던진다.

 "나 역시 걱정이 이만저만이 아니었다. 신양현에 가보니 상단이 폐허가 되어 있고… 그간 어찌 지낸 것이더냐?"

 "이야기가 깁니다, 형님. 지금은 이야기를 들을 때가 아니라 쉬셔야 할 때가 아닌가 싶습니다."

태승이 걱정스레 말하자 소량이 고개를 저었다.

"완치는 모르겠지만 적당히 운신은 할 수 있겠구나. 하물며 이야기를 듣는 것 정도야 무슨 문제이겠느냐? 오히려 듣지 못하는 편이 괴로울 터, 말해보아라."

"운신이 가능할 정도라고요?"

승조가 깜짝 놀라며 대답했다.

가만히 보니 놀란 것은 승조만이 아닌 모양이었다. 영화도 태승도 당황한 표정을 지으며 서로를 돌아본다.

승조가 고개를 절레절레 저으며 말했다.

"형님이 이상한 것인지, 당가의 소가주가 돌팔이인 것인지 모르겠습니다."

"당가의 소가주라니?"

"하아―"

승조가 한숨을 길게 내쉬더니, 조금 전까지 자신이 앉아서 자고 있던 의자를 드르륵 끌고 와 턱 하니 앉았다.

방만한 자세였지만 소량은 그를 탓하지 않았다.

"이야기가 깁니다, 큰형님. 그러니까 이게……."

미간을 찌푸리며 생각을 정리하던 승조가 곧 그간의 사정을 설명하기 시작했다. 신양상단에 몸을 의탁한 일과 사천당가와의 계약, 혈마곡의 습격, 유선의 실종과 응천부로의 피신, 천지이괴의 소문을 듣고 강호로 출행하던 날까지.

중간에 소량이 질문을 던지기도 한 고로 설명은 반 시진 가까이나 이어졌다.

설명이 끝나자 소량의 안색이 어두워졌다.

'승조는 혈마곡이 신양상단을 노린 것이 자신 때문인 것 같다고 했다. 만약 그게 사실이라면……'

소량의 생각이 하염없이 깊어져 갔다.

승조 대신, 태승이 걱정스러운 얼굴로 질문했다.

"무슨 생각을 그리 하십니까, 큰형님? 혹시 불편하신 데가 있는 것입니까?"

"아니, 아무것도 아니다."

소량이 염려하지 말라는 표정으로 미소를 지어 보였다.

"그간 너희가 신양상단의 단주님께 신세를 많이 졌구나. 승조, 너는 예의를 다하여 그분을 뵈어야 할 것이다. 훗날 나도 찾아뵙도록 하마. 그리고 유선이 이 녀석……"

사정을 모두 들은 소량이 그때까지도 안겨 있던 유선을 품에서 떼어냈다. 평소의 따뜻한 눈빛과는 다르게 소량의 표정은 엄하기 짝이 없었다.

"네가 형제들을 걱정시켰구나."

"큰오빠."

영화를 만났을 때만 해도 표독스럽게 화를 냈던 유선이었지만, 소량의 앞에서는 꼼짝도 하지 못했다. 영화 언니는 자주 화를 내는 대신 금방 풀어지지만, 소량 오빠는 어지간하면 화를 내지 않는 대신 한 번 화내면 많이 무섭다.

"영화는 나가서 나뭇가지 하나를 꺾어오너라."

"오라버니, 유선이는 이미 제게 많이 혼났어요. 몸도 안 좋으신데 차라리 쉬지 않으시고⋯⋯."

"어서!"

소량이 엄하게 말하자 영화도 꿀 먹은 벙어리가 되었다.

영화가 주춤거리며 방을 나서자 승조가 공연히 어깨를 으쓱해 보였다. 천지분간 못하던 유선도 이제 꾸중을 받을 때가 된 것이다. 그간 속이 많이 상했던 것은 승조 역시 마찬가지, 그는 '혼날 만하지'라고 중얼거리며 실소를 머금었다.

유선을 끔찍하게 아끼는 영화 누이는 지금쯤 최대한 덜 아플 만한 회초리를 찾느라 분주할 터였다. 소량 형님은 회초리의 상태가 어떤지 알면서도 모른 척할 테고 말이다.

아직 소량이 온전히 나은 것은 아니었지만, 승조는 마치 집에 돌아온 듯한 안온한 기분에 젖어들었다.

잠시 뒤, 영화가 단단하게 보이지만 속은 텅 빈 회초리를 가지고 돌아왔다. 아니나 다를까, 소량은 회초리의 상태가 어떤지 잘 알면서도 모르는 체 엄하게 유선을 꾸중했다.

"할머니가 안 계시고, 나마저 없을 적에는 영화가 집안의 가장 큰 어른이다. 대외적인 일을 승조가 보더라도 그것은 변하지 않아. 그런데 너는 어찌했더냐? 막내에 불과한 녀석이 언니의 말을 우습게 여겼다. 일어나 종아리를 걷어라."

"자, 잘못했어, 큰오빠."

잔뜩 겁을 먹은 유선이 애절하게 빌어보았지만, 소량은 꿈쩍도 하지 않았다. 머뭇거리던 유선은 일어나지 않고 뭐하느냐는 외침을 듣고 나서야 서서 종아리를 걷었다.

소량은 눈을 질끈 감고는 회초리를 휘둘렀다.

"아야!"

"백 번 양보해서 태승을 위해 나선 것이 잘한 일이라 쳐도, 아무런 말 없이 움직인 것만은 네 잘못이 분명하다. 엄살 부리지 말고 일어나라!"

한 대만 맞아도 죽는 시늉을 하는 유선이었다. 다섯 대를 맞자 유선은 아예 집이 무너져라 울기 시작했다.

"으아아앙!"

"다만 꾀를 내어 형제들을 부른 것만은 칭찬해 줄만 하구나. 그게 아니었으면 더 혼났을 거다. 알아듣겠느냐?"

그쯤 되자 소량도 마음이 좀 누그러진 모양이었다.

소량이 회초리를 우둑 부러뜨려 옆으로 던져 버리고는 승조에게 재빨리 눈짓을 주었다.

얼른 유선을 데려가서 약이라도 발라주라는 신호였다.

승조가 피식 웃고는 자리에서 일어났다.

"이리 오너라, 우리 막내."

"으아앙, 둘째 오빠!"

유선이 승조의 품에 안겨 울음을 터뜨렸다. 승조는 능숙한 솜씨로 유선을 달래며 문을 열고 밖으로 나섰다.

소량이 길게 한숨을 토해내며 고개를 저었다.

"그러고 보니 천지이괴라고 불린다는 소리도 있었지. 이야기를 들을 때는 몰랐는데 지금은 눈앞이 캄캄하구나. 창천존 노선배를 어떤 얼굴로 뵈어야 할지 모르겠다."

소량의 걱정에 태승이 동의한다는 듯 고개를 끄덕였다.

"저도 처음엔 그런 걱정을 많이 했었지요. 하지만 너무 걱정하지 마십시오. 워낙에 괴팍하신 분인지라 크게 괘념치 않으시는 듯 보였습니다."

"그렇다는 소문은 들었다만……."

소량이 미소를 지으며 태승의 머리를 쓰다듬었다. 형제들 중 가장 키가 커버린 태승이 낯설고 신기했다.

머리를 쓰다듬는 소량의 손길에 태승이 눈을 질끈 감았다. 어린 시절의 기억이 떠올라 가슴 한구석이 아파왔다.

어린 시절부터 형은 태승의 우상이었다.

형이 햇살을 등지고 서서 작디작은 자신의 머리를 쓰다듬어 줄 때에는 공연히 가슴이 벅차올랐다. 언젠가 형과 같은 사람이 되겠다는 것이 그의 꿈이었다.

태승은 이번엔 처참한 몰골로 쓰러진 소량을 떠올렸다.

옆구리에 뚫린 검붉은 구멍, 허벅지의 상처에서 뿜어져 나오던 피, 크게 베어 희끄무레한 지방이 드러난 어깨. 그런 처참한 몰골로 형은 따듯한 미소를 짓고 있었다.

어린 시절의 그때와 똑같은 미소…….

그 모습을 본 태승은 자괴감에 가까운 감정을 느꼈다.

형이 이렇게 다칠 동안 자신은 무엇을 했던가? 형이 만신창이가 될 동안 자신은 도대체 무얼 한 건가!

'혈마곡이라 했던가? 절대로 용서하지 않아.'

태승이 격동하는 마음을 가라앉히려 애를 쓰며 머리에 얹어진 소량의 손을 치웠다. 그가 부끄러워한다고 여긴 소량이 또다시 웃음을 터뜨렸다.

"그보다 큰형님."

태승이 차분한 어조로 소량을 불렀다.

태승의 기척이 달라진 것을 깨달은 영화가 드디어 할 말이 나왔구나 하는 표정으로 소량을 바라보았다.

"할머님은 찾으셨습니까?"

"……."

소량이 눈을 지그시 감았다. 동생들에게 해주어야 할 이야기는 산더미처럼 많다. 할머니에 관한 이야기는 물론, 백부와 고모가 생겼다는 이야기도 해주어야 한다.

잠시 뒤, 소랑이 마침내 고개를 끄덕였다.

"그래, 찾았다."

할머니를 찾았다는 말에도 태승과 영화의 표정은 쉽게 변하지 않았다. 잠시 주저하던 태승이 차분하게 질문했다.

"혹시 할머니의 별호가 진무신모입니까?"

이번에는 소랑이 놀랄 차례였다.

진무신모라는 별호는 당금 강호에는 전혀 알려져 있지 않은 것이었다. 과거의 혈사에 관여한 적이 있는 무인이라면 어렴풋이나마 들어본 적이 있겠지만, 오랜 평화가 있었던 지금으로서는 아는 이가 극도로 적다.

그런 별호를 동생들이 알고 있을 줄이야.

소랑이 눈을 휘둥그레 뜨자 태승이 씁쓸하게 웃어 보였다.

"역시 그분이 할머니셨군요."

"설명해다오."

소랑의 말에 태승이 영화를 흘끔 돌아보았다.

양손을 모으고 얌전히 앉아 있을 뿐, 영화가 별다른 행동을 취하지 않자 태승이 설명을 시작했다.

"둘째 형님은 신양상단 내에서도 요직에 올라 계십니다. 개방이나 하오문과는 비견할 수 없을지 몰라도 상단의 정보력 역시 뛰어난 것, 덕택에 둘째 형님은 천하의 정보를 두루 취할 수 있었지요. 상행에 관한 것부터 민간에 떠도는 소문까지 둘째 형님의 손을 거치지 않는 정보가 없다고 합니다."

그중 승조가 가장 중요시 여기는 것이 바로 소량에 대한 정보였다. 승조는 소량이 남궁세가로 향하며 벌인 모든 일들을 앉은자리에서 들여다보았다.

때문에 승조는 할머니가 남궁세가에 계실 것이라고 추측했다. 그즈음 남궁세가에 대부인 진운혜의 어머니가 돌아왔다고 한다. 대부인의 성씨가 진 씨라는 점, 소량의 행보가 남궁세가로 향한다는 점만 봐도 그녀가 할머니라는 사실은 간단히 유추해 낼 수 있을 터였다. 운만 좋았다면, 승조는 소량보다도 먼저 할머니에게 소식을 전할 수 있었으리라.

"금협이라는 별호를 얻었다더니, 과연 뛰어나구나."

소량이 감탄을 토해냈다. 조금씩 입가가 벌어지기도 한다. 처음 승조의 별호를 들었을 때 얼마나 기뻐했던가? 내 동생이 이렇게 뛰어나다고 자랑을 하고 싶을 정도였다.

"나는 너희의 소식이 궁금해 견딜 수가 없었는데, 승조는 앉은자리에서 나의 모든 행보를 꿰뚫어 보고 있었어."

"저도 많이 놀랐습니다."

"뭐 그 정도 가지고 놀랄 것까지야."

태승의 말이 끝나기가 무섭게, 유선을 달래고 온 승조가 모습을 드러냈다. 승조는 귀가 간지럽다는 듯 후비적거리며 아까 자신이 앉았던 의자에 털썩 앉았다.

"더 혼내지 그러셨습니까, 큰형님. 고자질을 했다고 유선이 잔소리를 해대는 통에 귀가 따가울 지경입니다."

"유선이는 괜찮으냐?"

소량이 실소를 지으며 질문하자, 승조가 피곤해 죽겠다는 표정으로 관자놀이를 꾹꾹 눌렀다.

"종아리에 고약을 발라주었습니다. 지금쯤 저를 가만히 안 놔두겠다고 투덜거리고 있겠지요."

조금도 변하지 않은 유선의 모습에 까닭 모를 안도감을 느낀 소량이 피식 웃고는 화제를 바꾸었다.

"네가 앉은자리에서 모든 걸 꿰뚫어 본다니 이야기가 쉽겠구나. 네가 추측한 대로 할머니는 남궁세가에 계셨다. 서신이라도 전하지 그랬느냐."

"그러려고 했지요. 하지만 혈마곡이 더 빨랐습니다."

승조가 남궁세가와의 접촉을 시도할 즈음, 혈마곡이 신양상단을 습격했다. 부지불식간에 벌어진 습격이었던 고로 승조는 다급히 상단원들을 다독여 응천부로 피신해야 했다.

그사이 소량이 동생들을 찾아 강호로 나섰고, 설상가상으로 남궁세가에 있던 할머니까지 강호로 나서 종적을 감추었다. 대부인 진운혜조차 모르는 사이에 말이다.

승조는 할머니의 행보를 추적하는 한편, 그녀의 정체를 파악하기 위해 주력했다. 하지만 안타깝게도 승조의 재주로도 진무신모라는 별호 외에는 알아낸 것이 없었다.

"할머니께서 남궁세가를 떠나셨다고?"

크게 놀란 소량이 금침을 움켜쥐며 외쳤다.

이미 알고 있던 사실인지라 영화와 승조, 태승은 어두운 표정으로 소량의 안색을 살필 뿐이었다. 아직 완쾌된 것도 아닌데 큰 충격을 받을까 봐 걱정이 된 것이다.

소량의 시선이 혼란스러운 듯 좌우로 흔들리더니, 이내 다시 승조를 주시했다.

"어디… 어디로 가셨다더냐?"

"사천 쪽이라는 것 외에는 알아낸 것이 없습니다."

사천이라는 말을 듣자 소량이 눈을 질끈 감았다.

사천 너머에 무엇이 있던가?

"혈마곡."

소량이 억눌린 목소리로 중얼거렸다. 할머니는 혈마곡으로 향했으리라. 검신 진소월과 자신으로부터 시작된 모든 악연을 끊으러 혈마를 찾아가고 계시리라.

소량이 입을 다물자 방 안에 무거운 침묵이 가라앉았다.

"최대한 빨리 몸을 회복해야겠다."

말을 마치기가 무섭게 소량의 기도가 바뀌었다. 무창의 목공에서 천애검협이라는 무인으로 말이다. 승조는 소량이 태산처럼 고고히 서서 굽어보고 있는 것 같다고 생각했다.

몇 마디 질문을 더 할 법한데도, 소량은 어째서인지 입을 다물고는 아무것도 없는 동쪽 벽을 바라볼 뿐이었다.

"하아―"

상념에 빠져든 얼굴로 한참 동안이나 벽을 바라보던 소량이 길게 한숨을 토해내었다.

그러자 다시 방 안에 침묵이 감돈다. 영화와 승조, 태승도 각자의 상념에 사로잡혀 입을 열지 못한 것이다.

그렇게 밤이 깊어갔다.

第四章
연정(戀情)

1

걱정이 되었던 탓일까?

밤이 깊었는데도 영화는 고집스레 객잔의 조방을 빌려 직접 죽을 쑤어왔다. 소량은 영화가 내어오는 죽을 들고는 쉬어야겠다며 축객령을 내렸다. 영화와 승조, 태승이 간호를 하겠다고 나섰지만 소량은 괜찮다며 그들을 내보냈다.

하지만 동생들을 내보낸 후에도 소량은 잠을 자지 않았다. 누군가를 기다리듯 침상에 누워 문가만 바라볼 뿐이었다.

그렇게 얼마나 지났을까.

"많이 아프다더니 과연 표정이 썩은 돼지 간 같구나."

침상 옆에서 자그마한 목소리가 들려왔다. 고개를 돌려보니 추레한 마의를 아무렇게나 꿰어 입은 늙은 농부 한 명이 보였다. 소량이 서둘러 자리에서 일어났다.

"그냥 누워 있어라. 침상에서 잘못 내려왔다가는 나보다 네가 먼저 저승길에 오르겠다."

"검천존 경여월, 경 노선배를 뵙습니다."

검천존이 말렸지만, 소량은 일어서서 장읍을 해 보인 후에야 침상에 털썩 주저앉았다.

검천존이 물끄러미 소량을 내려다보았다.

"용케도 알아듣고 동생들을 내보냈더구나."

"그러라고 기세를 발출하신 것이 아닙니까?"

"하하하! 그래, 그랬지."

검천존이 크게 웃음을 터뜨렸다. 기세를 발출한 것도, 그것을 알아봐 주기를 바란 것도 분명한 사실이다.

하지만 거기에는 시험의 의미도 있었다. 유영평야에서 보았던 소량의 무위를 다시 한 번 확인해 보고 싶었던 것이다.

"떠나려 하십니까?"

소량이 흐뭇하게 웃고 있는 검천존에게 질문했다. 검천존은 대답하는 대신, 따스한 표정을 지으며 고개를 끄덕였다.

"신선이 되셨습니까?"

검천존이 눈을 지그시 감았다.

마음속에서 무언가가 북받치는지 잠시 그렇게 서 있던 검천존이 느릿하게, 너무도 느릿하게 고개를 저었다. 복수를 마쳤건만 집착은 더더욱 덩치를 불릴 뿐 사라지지 않았다.

"……."

소량이 조용히 고개를 떨어뜨렸다. 아무런 말도 없었지만, 검천존은 소량이 위로를 하고 있다는 것을 잘 알 수 있었다. 그 마음이 고마워 검천존은 조용히 미소를 지었다.

"너는 이제 어찌할 테냐?"

한참의 시간이 흐른 후, 검천존이 질문을 던졌다.

그러자 소량의 눈빛이 서늘하게 바뀌었다.

"혈마곡이 벌인 대란에 개입해야겠지요."

혈마곡이 신양상단을 노린 것은 다름 아닌 승조 때문이라고 했다. 자신들의 행보에 방해가 되는 인물도 아닌 승조를 굳이 찾아가 죽이려 했던 이유가 무엇일까?

소량은 문득 남궁세가에서 만났던 혈살금마를 떠올렸다.

"바로 오늘! 너도, 진무신모도, 이 개같은 남궁세가도 사라진다. 저년도 곧 사지가 찢겨 죽게 될 게야. 네 동생들은 어떨 것 같으냐? 혈마곡이 네 동생들은 살려줄 것 같으냐?"

소량은 이제야 혈살금마가 한 말의 진의를 깨달았다.

'혈마곡은 태허일기공의 씨를 말리고자 한다.'

검신 진소월, 진무신모 유월향.

모든 일은 그들과 그들이 익힌 무공에서 시작되었다. 그들로 인해 일월신교의 복수를 저지당한 혈마곡은 마침내 권토중래하여 태허일기공의 씨를 말려 버리고자 하는 것이다.

'혈마곡과는 같은 하늘을 지고 살 수 없는 관계였어.'

혈마곡이 있는 한 할머니는 물론, 동생들의 안위마저 위험할 것이다. 여태까지는 할머니와 동생들을 찾기 위해 강호행을 했지만 이제는 바뀌어야 하리라.

이제는…….

"혈마곡과 생사를 결해보려 합니다."

소량이 차갑게 말하자 장내의 공기가 싸늘하게 변해갔다. 그가 막무가내로 기세를 뿜어내는 것이 아니라는 것을 알고 있기에 검천존은 별다른 제지를 하지 않았다.

"네가 원하던 일이더냐?"

"잘 모르겠습니다."

소량이 차분한 어조로 대답했다. 할머니와 동생들을 찾거든 강호를 떠나 은거를 하고 싶었던 소량이었다. 무림의 명예와 패권 따위에는 본래부터 조금의 관심도 없었다.

하지만 강호가 그를 내버려 두지 않는다. 혈마곡이 존재하는 한, 은거 따위는 꿈도 꾸지 못하게 된 것이다.

"다만 때때로 기이한 기분이 들 때가 있습니다. 원하든, 원치 않든 이렇게 되었을 것이라는 느낌 말입니다."

검천존이 따스하게 웃으며 말했다.

"그것이 천명(天命)인 게지."

"천명?"

소량이 의아한 얼굴로 검천존을 바라보았다.

"협객이 되겠다고 하지 않았더냐?"

검천존이 껄껄 웃으며 몸을 돌렸다.

떠난다는 말은 들었지만 이렇게 빠를 줄은 몰랐던 소량이 주춤거리며 자리에서 일어났다.

하지만 검천존이 가볍게 손을 휘두르자, 다시금 침상에 엉덩이를 대고 만다. 소량을 걱정한 검천존은 그가 일어나지 못하도록 내력을 펼쳤던 것이다.

방문을 연 검천존이 한심하다는 듯 소량을 돌아보았다.

"차라리 잘된 일일지도 모르지. 이왕 강호에 나서게 되었으니 네 짝이나 찾아보아라. 네 누이는 벌써 짝을 찾았던데 너는 무얼 하고 있느냐?"

"누이? 영화를 말씀하시는 것입니까?"

"내게 월하노인의 재주가 있다지 않던? 척 보니 사천당가의 소가주와 잘 어울리더구나. 당가 녀석이야 이미 푹 빠져 있고, 아직 내색은 안 하지만 네 누이도 마음이 있는 것이 분명해."

 소량이 또 그 농담이냐는 듯 실소를 지으며 고개를 저었다. 무학이라고는 모르는 사람인 양 굴던 예전처럼 월하노인이니 뭐니 하는 농담을 꺼내는 모습이 반갑다.

 "흥! 훗날 네 내자 될 사람이 벌써부터 불쌍하구나. 눈치가 이렇게 없어서 어디에 쓰겠느냐? 게다가 노인을 비웃다니… 에라, 이 망할 놈. 나는 가련다."

 검천존이 성큼성큼 걸음을 옮겼다.

 웃고만 있던 소량이 다급히 검천존을 불렀다.

 "잠시만요, 검천존 노선배!"

 검천존이 걸음을 멈추더니, 또다시 뒤를 흘끔 돌아본다. 그의 입가에는 장난기 가득한 미소가 어려 있었다.

 "반선이라고 불러라, 요놈아!"

 그와 동시에 검천존, 아니, 반선의 모습이 안개처럼 흩어졌다. 소량을 보면 유영평야의 혈사가 떠올라 오래 있기가 싫었던 것이다.

 소량은 서둘러 반선이 있던 자리로 달려갔다. 해야 할 이야기가 아직도 많은데, 이리 보낼 수는 없었다.

 "검천존 노선배, 아니, 반선 어르신!"

 하지만 아무리 불러봐도 대답은 없다.

 몇 번 더 불러보던 소량은 그가 완전히 떠났음을 알고 고개를 푹 숙였다. 그리고는 예의에 어긋남이 없게 옷매무새를 어루만지고는 아무도 없는 허공에 대고 장읍했다.

"감사했습니다, 어르신······."

아쉽고 아쉬워서인지 목소리가 떨려 나온다. 그에게서 받은 것들이 너무나도 큰데 그는 은혜를 갚을 기회는커녕, 제대로 된 위로조차 할 틈을 주지 않고 훌쩍 사라져 버렸다.

그 순간, 소량의 귓가로 반선의 목소리가 들려왔다.

[나의 천명과 너의 천명이 다르지 않으니, 훗날 다시 보게 될 게다.]

소량의 얼굴에 그제야 환한 미소가 걸렸다. 재회를 기약하는 전음성은 소량의 마음에 남아 오랫동안 떠나지 않았다.

2

그로부터 사흘이 더 지나자 소량은 가벼운 산책을 할 수 있을 정도가 되었다. 소량은 그 길로 침상에서 벗어나 후원으로 향했다. 침상에 가만히 누워 있는 것보다는 동공을 펼치는 편이 훨씬 도움이 될 터였다.

당유회는 그야말로 대경실색하고 말았다. 완치는커녕 사경을 헤매야 할 사람이 멀쩡히 일어나 돌아다니니 그럴 법도 했다. 후에 당유회가 다시 맥을 짚어보니, 놀랍게도 상당 부분의 내상이 완치가 되어 있었다.

당유회의 상식으로는 도저히 이해할 수가 없는 일이었다.

영화와 승조, 태승과 유선도 걱정의 시선으로 소량을 보기는 마찬가지였다. 정신을 차린 것이야 기쁘지만, 저렇게 함부로 움직이다 큰일이 나면 어쩌나 싶었던 것이다.

하지만 소량의 일과는 변하지 않았다. 해가 져갈 무렵에 후원에 나와 가벼운 동공을 펼친다. 처음에는 가벼운 동공으로 끝나더니, 요즘에는 아예 검로를 펼쳐 내기까지 한다.

한 달이 지난 지금도 소량은 후원에 서 있었다.

우우웅—

소량이 느릿하게 오행검의 초식을 펼치자 검이 울었다. 쾌검으로 펼쳐야 할 초식마저 굼벵이 기어가듯 느리게 펼치니, 무공을 연마한다기보다 춤을 추는 듯했다.

"후우—"

소량이 길게 호흡을 토해내었다.

이상하게도 예전과 달리 초식을 따라 검로를 펼치면 맞지 않은 옷을 입은 듯 불편하고, 마구잡이로 검을 놀리면 제집에 온 것처럼 편안하다.

'만약 그렇다면… 초식을 따르지 않는 편이 낫겠지.'

소량이 그렇게 생각하며 부드럽게 검을 날렸다.

살랑—

소량의 검이 스치자 풀잎이 가볍게 몸을 뉘였다가 바로 세웠다. 무인들이 보았다면 크게 비웃고 말았을 모습이었다. 얼마나 검이 무디면 풀잎 하나 베지 못하겠느냐면서 말이다.

하지만 소량의 얼굴에는 미소가 한가득 배어 있었다.

'이제야 약간이나마 수습을 할 수 있게 되었구나.'

소량은 안도한 얼굴로 얼마 전의 일을 떠올렸다.

얼마 전까지만 해도 소량은 자신의 변화를 알아차리지 못했다. 별다른 생각 없이 동공을 펼친 후, 감이나 잃지 않으려는 요량으로 오행검을 펼쳤을 뿐이다.

그 결과, 하마터면 만복객잔 전체를 날려 버릴 뻔했다.

특별히 내력을 더 실은 것도 아닌데 소량 스스로도 모골이 송연해질 정도의 위력이 뿜어져 나왔던 것이다.

소량의 표정이 점점 진지해졌다.

'태허일기공의 공력이 변해 버린 탓일까?'

어쩌면 그 때문인지도 모른다. 기운을 불러내면 뭔가 느껴지긴 하는데, 이전과 워낙 달라 태허일기공의 공력인지 아닌지도 확신할 수 없었던 것이다.

다만 확실한 것은, 예전과 같은 수준의 내공을 끌어올려도 그 위력에는 큰 차이가 난다는 점이었다.

예전에는 한 량의 내공을 끌어올리면 같은 수준의 결과밖에 내지 못했다면, 지금은 한 량의 내공을 끌어올리면 천 근이 넘는 위력이 터져 나오는 식이었다.
 '어디 한번······.'
 소랑이 진지한 표정으로 가볍게 검을 휘저었다.
 절대 과하지 않을 정도로, 아주 약간의 내력만 실어서.
 서걱!
 일 장은 멀리 떨어진 객잔의 벽에 마치 참마도로 그어버린 듯한 흔적이 남았다.
 소랑은 또다시 모골이 송연해지는 것을 느꼈다.
 '분명히 내력이 늘어난 것은 아닌데.'
 내력이 많으면 좋은 일이긴 하지만, 그것이 강함의 척도가 되는 것은 아니다. 만약 그렇다면 무인들은 수련을 하는 대신 영약을 찾아다니고 있었을 것이다.
 깨달음이 깊은 무인이라면 같은 정도의 내력을 가지고도 당황스러울 정도로 커다란 위력을 선보일 수가 있다.
 내력의 밀도와 그 운용도 차이가 나거니와, 상단전이 열려 기운의 수발이 자유로워지기 때문이다.
 진원지기를 끌어올릴 때 얻은 기연 덕택에, 소랑도 그러한 경지에 올라 있었다. 삼천존의 바로 아랫줄에 위치한다고 말해도 부족함이 없을 정도의 경지에.
 강호의 누구도, 심지어 본인도 모르는 사이에 새로운 신인(神人)이 탄생한 셈이었다.

'당분간은 내력을 다스리는 데 집중해야겠다.'

한동안 무언가를 생각하던 소량이 눈을 지그시 감았다. 한 가지 상념을 떨쳐 내자 다른 상념이 깃들었다.

이제 내외상은 거의 회복된 셈이다.

'떠나야 할 때가 머지않았는데……'

소량은 문득 동생들을 떠올렸다.

동생들은 마치 무창에 돌아온 것처럼 일상을 영위했다. 영화는 우육을 끓여 육사를 만들고는 맛이 어떠냐고 물었고, 태승은 싫다는 진유선을 억지로 잡아다 글공부를 시켰다.

승조 역시 무창의 시전에 있을 때처럼, 일부러 야외에 나와 과일을 베어 물며 서류뭉치를 뒤적거렸다.

물론 그런 겉모습과는 달리, 모두들 할머니의 부재를 의식하고 있었다. 다만 입 밖으로 꺼내지 않을 뿐이다.

'동생들에게는 어찌 말해야 하지?'

소량이 그렇게 생각할 때였다. 객잔의 조방 쪽에서 누군가 대화를 나누는 소리가 들려왔다. 사실 대화는 소량이 한창 수련 중일 때부터 이어지고 있었다.

"이건 좀 싱거운 듯한데."

"역시 싱거운가요?"

그것은 다름 아닌 영화와 당유회의 목소리였다.

영화는 아침부터 지금까지 조방에 틀어박혀 있었는데, 거

연정(戀情) 113

기에 당유회가 따라붙은 모양이었다.

"그래도 이쯤이면 괜찮지 않나요? 큰 오라버니는 환자이니 짜게 먹어서는 안 되잖아요."

"그 말도 일리는 있소만. 어디 다시 한 번 맛봅시다."

"여기요."

소량의 미간이 살포시 좁혀졌다. 소리로만 보자면 영화가 직접 떠먹여 주는 모양이었다. 아무리 지난 세월 동안 친해졌다고 해도 여염집 규수가 할 만한 행동은 아니다.

'정말로 영화도 마음이 있는 건가?'

워낙에 월하노인이라는 농담을 자주 했던지라 반선의 이야기를 대수롭지 않게 흘려들었던 소량이었다. 후에 승조가 '사천당가가 매파를 보낸답디다'라는 이야기를 하긴 했지만, 영화가 아니라고 부인하기에 그것도 그러려니 했었다.

하지만 지난 한 달간 지켜보니 우습게 볼 일이 아니다.

'사람은 나쁘지 않은 듯한데.'

소량은 처음 당유회를 만났을 때를 떠올렸다.

형제들이 없는 틈을 타, 당유회가 단정한 무복을 입고 나타나 정중하게 장읍을 한 적이 있었다.

"처음 뵙겠습니다, 진 대협. 저는 사천당가의 소가주로, 이름은 유회라 합니다. 대협의 협행을 전해 듣고 흠모하는 바가 컸사

온데, 이리 만나게 되었으니 참으로 영광입니다."

사천당가라면 무림에서도 손꼽히는 세가다. 그런 곳의 소가주로 보기에는 당유회의 태도가 지나치게 정중했다.
'하! 이제 보니 잘 보이려 했던 것이로구나.'
소량이 이상한 기분에 머리를 긁적였다.
그때, 별채 귀퉁이에서 승조의 목소리가 들려왔다.
"그래, 종아리는 좀 괜찮으냐?"
"흥! 둘째 오빠가 지금 내 종아리를 걱정하는 거야? 큰오빠에게 미주알고주알 일러바쳐서 나를 이렇게 만들어놓았으면서! 내가 몰래 빠져나간 건 말 안 하면 좋았잖아."
유선이 투덜거리는 소리가 뒤를 이었다.
승조가 헛웃음을 터뜨리며 반문했다.
"그걸 빼면 큰형님께 무어라 말하고?"
"그야, 착한 일을 하러 갔으니 어쩔 수 없었다거나 뭐 그렇게… 쉿! 큰오빠가 들을지도 몰라."
할 말이 궁색해진 유선이 재빨리 조용히 하라는 시늉을 했다. 그 모습이 귀여워 낄낄거리며 웃던 승조가 소량을 발견하고는 미간을 찌푸렸다.
"여기 계실 줄 알았습니다, 큰형님. 계속 이렇게 돌아다니실 참입니까? 아무리 몸이 괜찮아졌다고 해도 후유증이 남아 있을지도 모르는데."

"금협께서 이렇게 걱정해 주니 몸 둘 바를 모르겠다."

소량이 환한 미소를 지으며 대답했다.

승조가 헛웃음을 터뜨렸다.

"갑자기 금칠을 하시네. 용돈이라도 드려요?"

"쉿. 조용히 하고 이리 오너라."

소량이 코끝을 찡긋거리자 승조가 의아한 표정을 짓고는, 시키는 대로 조용히 다가와 소량의 옆에 섰다. 유선도 덩달아 입을 다물고는 종종걸음으로 다가온다.

"왜 그러십니까, 형님?"

"네 누이가 당가의 소가주와 함께 있구나."

"오늘도 말입니까?"

승조의 얼굴이 종잇장처럼 구겨졌다.

승조는 조방 쪽을 흘끔 보고는 팔짱을 척 끼고 어디 한번 들어보자는 표정으로 귀를 기울였다.

"혹시 좀 더 만들어주실 수 있겠소? 천애검협을 위한 것이라는 건 이미 알고 있소만, 먹다 보니 절로 식탐이 동하는구려. 소저의 요리 솜씨는 내가 본 중 최고라오."

"너무 놀리지 마세요, 당 대협."

"이런, 농을 하는 것이 아닌데 믿어주질 않는구려."

그렇게 말한 당유회가 몇 번을 더 부탁하자, 영화가 그럴 줄 알았다는 듯이 '이미 만들어두었어요'라고 대답한다.

승조가 퉁명스러운 어조로 말했다.

"누이도 너무하시는군."

"무창에서도 영화에게 반한 사람이 한둘이 아니었지. 이번에도 그런 줄 알고 매파를 넣겠다는 말을 흘려들었다만… 영화도 마음이 있는 모양이니 이제는 그럴 수가 없구나. 네가 보기에 당가의 소가주는 어떤 사람이더냐?"

"나쁜 사람은 아닙니다."

승조가 길게 한숨을 토해내며 말했다.

사실, 승조도 당유회를 나쁘게 보지만은 않았다. 처음에는 겉과 속이 다른 듯해 경계했으나, 적어도 누이를 대할 때만은 진심으로 대하고 있다. 누이도 그를 편히 여기고 가까이 두는 것이 내심으로는 마음이 있는 것일지도 모른다.

"하지만 그의 가문이 마음에 걸려요."

사천당가는 대가 중의 대가로, 무림에서도 다섯 손가락 안에 드는 가문이다. 그런 큰 가문일수록 명예와 예식을 중시하게 마련, 자연히 사람들도 꼬장꼬장하기 짝이 없다.

그것만이라면 괜찮을 수도 있었다. 그쯤이야 학문으로 흥한 가문이건, 상행으로 큰 가문이건 마찬가지니까.

문제는 사천당가가 무림세가라는 사실 자체에 있었다.

명예를 위해서라면 죽음조차도 불사하는 게 그들이다. 가

연정(戀情) 117

문의 번영을 위해 뒤에서 악한 짓을 벌일 때도 있다. 권력은 커질수록 더러워진다는 것이 꼭 틀린 말만은 아닌 것이다.

누이가 그런 곳에서 버틸 수 있을 리가 없다.

"왜? 언니가 사천당가에 시집가면 좋은 일 아니야? 사천당가는 엄청 부자잖아."

유선이 잽싸게 끼어들어 재잘거렸다.

"쯧쯧, 녀석. 모르면 가만히 있어라."

승조가 귀찮다는 듯 유선의 머리통을 쥐어박았다. 유선의 입술이 닷 발은 넘게 튀어나왔지만 감히 큰오빠 앞에서 둘째 오빠에게 대드는 짓을 하지는 못했다.

소량이 생각에 잠긴 얼굴로 대답했다.

"하지만 그것은 문가(文家)와 혼인해도 마찬가지가 아니냐? 벼슬길에 나섰다가 사화(士禍)에 잘못 얽히면 구족이 멸문당하는 것이 세상 이치. 네 누이의 혼처에도 그런 일이 없으리라 어찌 장담하겠느냐?"

"그게 무슨 말씀이십니까?"

"어디 그뿐이겠느냐? 만에 하나 네 누이가 자손을 보지 못한다면 어느 가문과 혼인하든 처첩을 줄줄이 두게 되겠지. 네 누이가 투기를 할 것 같지는 않다만 나는 그 꼴이 보기 싫을 것 같은데."

승조의 눈이 점점 가늘어졌다.

"그럼 어찌하시려는 것입니까?"

"그건 나도 잘 모르겠다."

앞서 말한 것에 비하면 너무나 허탈한 한마디였다.

사실 소량도 혼사에 얽힌 일은 처음 겪어본다. 상상은 해본 적이 있지만, 아무래도 상상과 실제는 다른 법이다.

"천애검협은 사람됨이 진중하여 함부로 말을 내뱉는 법이 없다 들었는데 모두 헛소문인 모양입니다. 무창에 살 때나 지금이나 똑같네요, 뭐."

승조가 퉁명스레 말했다.

하지만 그의 표정에는 기쁜 기색이 역력했다. 형이 강호에 찌들어 변해 버렸을까 내심 걱정을 했던 승조였다.

"그래?"

소량이 고개를 갸웃했다. 그간의 강호행은 결코 편한 길이 아니었다. 괴로운 일들도 많이 겪었고, 상처도 많이 받았다. 말수가 적어지고 진중해진 것은 당연한 일이리라.

하지만 지금은 이상하게 기분이 홀가분하다.

마치 커다란 짐을 벗어버린 것처럼 말이다.

'반선 어르신의 가르침 덕분인가?'

아마 그러하리라. 어차피 가야 할 길, 웃으면서 가라던 말이 아직도 귓가에 생생했다.

소량이 생각에 잠겨 있는 사이, 조방에서 당유회와 영화가 걸어나왔다. 무슨 대화를 했는지 서로 마주 보며 키득거리던 둘이 소량을 보고는 깜짝 놀라 당황한 표정을 지었다.

"큰 오라버니. 나와 계셨어요?"

"갑갑하기에 운공이나 할 겸 나와 있었다."

말을 마친 소량이 이번엔 당유회에게 가볍게 읍했다.

"당 대협께도 인사 올립니다."

"진 대협을 뵙습니다. 방금은 허기가 져서 조방에 들른다는 것이……."

민망해하던 당유회가 얼른 예의를 갖춰 장읍했다. 읍하기 전에 옷매무새를 만지는가 하면 읍하는 시간도 길다.

소량이 헛웃음을 머금었다.

'역시 잘 보이려 하는 것이로군.'

소량의 짐작은 반쯤은 맞고 반쯤은 틀렸다.

물론 영화 때문에 당유회가 긴장한 것은 맞았다.

사천당가의 소가주로서 수많은 무림지사들을 만난 그였지만 소량을 만날 때만큼 긴장한 적은 없었다.

처음 만났을 때에 얼마나 많은 준비를 했던가!

성품이 담백하다 들었으므로 수가 놓아진 화려한 비단 장포 대신 소박한 무복을 골라 입었고, 영웅건 덕택에 어차피 보이지도 않을 머리카락까지도 깨끗하게 정리했다.

그러나 내심으로는 자신도 있었다. 앞서 말했듯 수많은 사람을 만난 경험 때문이었다. 승조처럼 괴팍한 사람만 아니라면, 당유회는 누구의 호의든 얻어낼 수 있는 사람이었다.
 그런 당유회의 생각은 금방 바뀌었다. 그는 하필이면 소량이 운기 중일 때 들이닥쳤는데, 그 덕택에 방 밖에서부터 소량의 기세를 온몸으로 느낄 수 있었던 것이다.
 이전에도 적지 않은 무위를 가지고 있었던 소량인데, 더더욱 성장한 지금은 어떻겠는가? 소량의 기세를 느낀 당유회는 내심 두려움까지 느껴야 했다.
 게다가 실제로 대화를 해보니 더더욱 낭패다.
 한마디, 한마디 말속에 진심 아닌 것이 없다.
 당가에 있을 때처럼 겉과 속이 다른 태도를 보였다가는 사단이 나도 크게 나리라. 이와 같은 사람은 오직 같은 진심으로 대해야만 마음을 얻을 수 있다.
 "그간 신경 써주신 덕분에 많이 호전되었습니다. 당 대협이 아니었더라면 사단이 나도 크게 났을 것입니다."
 소량이 치료해 준 것에 대한 감사 인사를 했다.
 그 순간 당유회의 얼굴이 벌겋게 달아올랐다. 말만 치료한다 했을 뿐 사실 자신이 한 것은 하나도 없는 것이다.
 놀리는가 싶어 소량을 바라보던 당유회는 이것 역시 진심이라는 것을 깨닫고 길게 한숨을 토했다.
 "아니, 아닙니다. 부족한 재주인지라 도움이 못 된 것이 죄송스러울 따름입니다."

말을 마친 당유회가 긴장한 듯 소량을 흘끔거렸다.

'그래, 어찌 보면 기회다.'

당유회가 이내 결심한 듯 고개를 끄덕였다.

"일간 진맥해 본 바, 이제는 거동에 지장이 없을 듯합니다. 후유증마저 다스린 듯하니 괜찮으시다면 함께 술잔을 나눠봄이 어떠시겠습니까?"

"술 말씀이십니까?"

"예. 기왕이면 하대를 듣고 싶습니다."

당유회가 당당하게 속내를 밝혔다.

천애검협은 진씨 가문의 장남이라 들었다. 아버지, 어머니가 계시지 않을 경우에는 그가 곧 가장인 셈, 그의 마음만 휘어잡는다면 혼인까지 일사천리로 진행될 것이다.

'하, 하대……?'

소량은 그만 크게 당황하고 말았다. 아직 영화와 깊게 이야기를 나눠본 적도 없는데 상대가 직격탄을 날린 것이다.

소량이 흘끔 돌아보니 승조가 반대의 의미로 격렬하게 고개를 젓는 것이 보인다. 소량이 길게 한숨을 토해내었다.

"술만이라면 나쁠 것 없겠지요."

"형님!"

"당 대협!"

승조가 배신당했다는 표정으로 외치더니, 곧이어 영화도 싫은 건지 부끄러운 건지 알 수 없는 표정으로 크게 외쳤다. 이상한 것은 소량이 아니라 당유회에게 외친다는 점이었다.

"그럼 저녁에 뵙지요. 기다리겠습니다."

당유회가 희희낙락한 표정으로 장읍하고는 몸을 돌려 자리를 비웠다. 영화가 화가 잔뜩 난 표정으로 따라가려 하자 소량이 그를 말렸다.

"됐다. 고작 술이 무슨 대수라고 그리 화를 내느냐?"

"형님! 형님은 도대체 무슨 생각으로……!"

영화 대신 승조가 붉어진 얼굴로 화를 냈다. 조금 전의 대화도 그렇고, 지금도 그렇고 아무리 봐도 허락을 하려는 분위기다. 훗날 누이가 마음 고생할 것이 뻔한데 말이다.

"난들 뾰족한 수가 있었겠느냐? 갑자기 술을 청하다니… 나도 순간 식은땀이 나서 죽는 줄 알았다."

소량이 조용히 하라는 듯 손사래를 쳤다.

유선이 소량의 말에 동의하며 이 재미있는 상황에 왜 찬물을 끼얹느냐는 의미로 승조의 옷깃을 마구 잡아당겼다.

"맞아! 둘째 오빠는 조용히 해. 고작 술인데, 뭐."

"네가 뭘 안다고 그러니?"

이번에는 영화가 유선의 머리를 콩 쥐어박았다.

둘째 오빠로도 모자라 큰언니에게도 꿀밤을 맞은 유선이 씩씩댔으나, 소량의 앞인지라 역시 화를 내진 못했다.

"오라버니, 술은 그렇다 치더라도, 하대를 듣고 싶다는 말은 의미가 달라요. 할머니도 안 계신 지금……."

"기왕 이리된 거 물어보자. 영화 너도 마음이 있느냐?"

소량이 진지하게 질문하자 승조는 걱정스러운 표정으로, 유선은 재미있어 죽겠다는 표정으로 영화를 돌아보았다.

영화가 동생들을 연신 흘끔거리며 얼굴을 붉혔다.

"아니요, 없어요."

당유회가 들으면 복장이 터져 죽어 버릴 만한 말을 아무렇지도 않게 꺼낸 영화가 고집스러운 표정을 지었다.

소량이 턱을 긁적거리며 말했다.

"하지만 아무렇지도 않게 화를 낼 정도로 가까워 보이더구나. 게다가 아까는 직접 떠먹여 주는 것도 같았고."

"드, 들으셨어요?"

영화의 얼굴이 목덜미까지 붉어졌다.

그야말로 쥐구멍이 있으면 숨고 싶어진 영화가 고개를 푹 숙이고는 손가락을 꼬물거렸다.

"하지만 마음이 있는 것은 아니에요."

영화가 조심스럽게 말했다.

신양상단이 습격당할 당시, 당유회가 정인이 있느냐고 물은 적이 있었다. 지금까지도 영화는 그것이 농담이라고 생각하고 있었다. 그가 매파를 보낸다고 이야기를 해도, 다가와 너스레를 떨어도 모두 농담인 것 같았다.

당가라는 큰 가문은 자신과는 어울리지 않으니까.

그래서 영화는 당유회가 진심일 리 없다고 생각했다.

'물론 조금 친해지긴 했지만.'

어린 시절부터 갇혀 무공 수련을 했다는 이야기를 들으면 안쓰러웠고, 어머니를 제외하면 모두가 자신을 권력의 도구로 보는 것 같다는 토로를 들으면 속도 조금 상했다.

그럼에도 불구하고 훤칠하게 자라나 대소사를 돌보는 것을 보면 조금 멋있기도 했다.

'조금 귀여워 보일 때도 있고.'

아무한테도 말은 안 했지만, 조금은 그가 귀여워 보일 때도 있었다. 어린 시절부터 갇혀 지냈기 때문인지 그는 사소한 호의에 아이처럼 기뻐하곤 했다.

'하지만 나와는 인연이 아닌걸.'

영화가 고집스러운 얼굴로 고개를 저었다.

"정말로 마음이 있는 것은 아니에요."

"그래? 그럼 취소해야겠구나. 속이 좁아 보이기는 했다."

소량의 말에 영화가 몸을 움찔했다. 아무리 생각해도 당유회가 속이 좁은 사람은 아니었다. 오히려 인망이 높아 수하들의 신임을 한 몸에 받는 사람이었다.

잠시 주저하던 영화가 입을 열었다.

"저기, 저 때문에 당 대협의 체면에 손상이 갈까 걱정이 되어서 그러는데, 당 대협은 속이 좁은 사람이 아니에요."

소량과 승조, 유선의 시선이 조금씩 변해갔다. '역시 그렇구나' 혹은 '잘못 생각하고 계신 겁니다, 큰누이!' 혹은 '그럼 형부라고 불러야 해?'라는 의미를 품은 시선들이었다.

시선들이 거북해진 영화가 먼저 들어가 본다며 별채로 향했다. 영화가 사라지자 소량이 실소를 머금었다.

"당유회란 친구도 갈 길이 멀겠군."

"허락하실 것입니까?"

승조가 오만상을 찌푸린 채 질문했다.

"네 누이를 보니 생각은 해봐야 되겠다."

소량이 어깨를 으쓱해 보이자 승조가 초조한 듯 가슴을 쾅쾅 쳤다. 아까 충분히 위험성을 경고했는데도 불구하고 큰형님은 이처럼 넘어가고 만 것이다.

"하지만 사천당가는 누이와는 어울리지……!"

"남궁세가의 고모님은 가문을 잘 돌보셨다. 네 누이라고 못할 것 없지. 너는 설마 네 누이를 믿지 못하는 게냐?"

소량의 말에 승조가 꿀 먹은 벙어리마냥 입을 다물었다. 피식 웃고 있던 소량이 진지하게 표정을 바꾸곤 말했다.

"금협이라는 별호를 얻을 정도니 손은 좀 넓겠지? 가서 독주나 좀 구해오너라. 한 번 먹여보자."

이번엔 승조가 웃을 차례였다.

第五章
출행(出行)

1

 일부러 응성부 밖으로 빠져나온 창천존이 관도 옆 너럭바위 위에 앉아 발로 창을 툭툭 쳤다. 그의 앞에 서 있던 신투(神偸) 왕안석(王安石)이 공손히 허리를 굽혔다.
 "그렇다면 단천화 그 친구는 무사하다는 말이로군."
 "예, 경고해 주신 덕택에 무사했다 전하라 하셨습니다."
 "경고는 무슨?"
 처음 극독을 발견했을 때, 창천존은 그것을 그리 심각하게 여기지 않았었다. 만독불침이 된 지 스무 해가 지났다. 독성의 독이 아닌 한 그의 육신을 침범할 독은 없다 여겼다.

하지만 이름 모를 극독은 놀랍게도 순식간에 창천존의 육신을 침범했다. 그리고는 사지백해에 녹아들어 마치 처음부터 없었던 것인 양, 흔적을 감추었다.

보통 독이 아니라는 것을 깨달았을 때 처음 든 생각은 '두드러기가 나는 독이 아니니 검천존과 도천존에게 보내어봤자 소용없겠다'는 것이었다.

'자신이 당했다면, 검천존과 도천존도 당할 수 있겠다'는 생각은 그 이후에야 들었다.

"차라리 두드러기가 나는 독이었으면 좋았을걸."

"하하하!"

신투 왕안석이 크게 웃음을 터뜨렸다.

감히 삼천존 중 하나인 창천존 앞에서 웃는 무례한 짓을 한 셈이지만, 창천존의 성품을 잘 아는 왕안석에게는 약간의 머뭇거림도 없었다.

그가 창술을 펼치는 와중이었다면 뒤도 안 돌아보고 도망쳤을 테지만, 창을 들지 않은 상태라면 얼마든지 웃어도 상관없는 일이다.

"독성의 독에 당한 일을 아직도 못 잊으셨군요."

"그런 무서운 독은 처음 봤어. 전신에 두드러기가 나는데 간지러워서 어찌나 혼났는지. 그 독을 지금 구할 수만 있다면 그 고리타분한 녀석들에게 먹여볼 텐데."

"고리타분한 녀석이라니요?"

"그런 사람이 하나도 아니고 두 명이나 있거든."

창천존은 어딘가 태승과 소량이 불편했다.

고리타분한 것이 싫어 평생을 자유롭게 살기로 작정한 그에게 자로 잰 듯이 반듯한 태승이나, 생각이 깊고 예의가 바른 소량은 맞지 않는 옷을 입은 것처럼 거북했던 것이다.

특히 소량은 동생이 폐를 끼쳤다며 정중하게 사과하는 것으로도 모자라 무슨 말만 하면 가르침을 청한다며 고개를 숙이기 일쑤였다.

가르침을 청할 거면 차라리 호쾌하게 비무를 신청하든지 할 것이지 어째서 허례허식을 갖춘단 말인가!

"무학은 뛰어날지 모르지만 재미라고는 없는 사람이야."

창천존이 자리에서 일어나자 왕안석이 차분히 시립했다.

천하에 이름 높은 신투라는 별호에 어울리지 않게, 왕안석은 신객(信客) 노릇을 하고 있었다.

그가 신객 노릇을 한다는 것을 알면 많은 이들이 웃을 것이나, 삼천존의 신객이라는 것까지 알게 되면 모두들 웃음을 멈추고 부러워할 것이다.

"왕가야, 너는 가서 단천화에게 혈마곡의 잡졸들 중에도 우리만 한 경지에 오른 놈들이 있다는 사실을 전해다오."

"으으음."

혈마를 제외한 마인들 중에도 삼천존의 경지에 이른 무인이 있다니! 믿어보려고 해도 도무지 믿어지지가 않는다.

왕안석이 어두운 얼굴로 읊조렸다.

"천하대란이 어찌 끝을 맺을는지……."

"그러게 말이야. 검마존이라는 놈은 그나마 우리보다 반수 뒤처져 있었지만, 그 녀석이 상석이 아니라 말석을 차지하고 있다면 이야기가 달라지지. 이제는 단천화 그 친구도 움직여야 할 때야. 말이 나왔으니 말인데, 그 무거운 엉덩이 떼고 좀 돌아다니라고도 전해주게."

"그리하겠습니다."

말을 마친 창천존이 왕안석을 두고 몇 걸음을 걸어가다가 갑자기 뭔가 생각난 사람처럼 뒤를 돌아보았다.

"참, 자네는 똥물을 뿌리거나 길거리에서 옷을 홀랑 벗기는 것 말고 뭐 재미난 거 떠오르는 것 없나?"

천지이괴의 이야기를 들은 적이 있던 왕안석이 다시 한 번 웃음을 터뜨렸다. 창천존은 계속해서 떠오르는 것 없냐고 보채다가, 왕안석이 고개를 젓자 '지괴를 한 번 놀라게 해주고 싶었는데'라며 아쉬워했다.

"그럼 후일 뵙겠습니다."

왕안석이 정중하게 장읍했다.

"그래, 그래."

창천존이 가볍게 신형을 튕겼다. 주위의 풍경이 빠르게 뒤로 지나갔다. 창천존이 관도를 지나 성안으로, 저자를 지나 객잔에 이르기까지 삼각도 채 걸리지 않았다.

그렇게 돌아와 보니 객잔에 부산스러운 기운이 감돈다.

'내가 없는 새에 무슨 일이라도 있었던 건가?'

창천존이 주위를 둘러보며 고개를 갸웃했다.

이상한 기분에 젖어 별실로 걸어가다 보니 이내 진유선이 튀어나와 창천존의 품에 안겨들었다.

창천존이 조심스레 질문했다.

"이보게, 지괴. 무슨 일이라도 있나?"

"할아버지! 쉿!"

창천존의 질문에 유선이 조용히 하라는 신호를 보내더니, 이내 그의 큼지막한 손을 잡고 구석으로 이끈다. 창천존이 따라오자 유선은 은밀하게 주변을 둘러보고는 속삭였다.

"할아버지, 잘하면 우리 언니가 시집을 갈지도 몰라요."

"응? 예쁜 누이가? 어느 가문에?"

창천존이 놀란 듯 눈을 몇 번 끔뻑였다.

"사천당가예요."

"당가라니! 그렇다면 소독물과 혼인을 한단 말인가?"

창천존의 표정이 세상에 이렇게 징그러운 일이 있을 수가 없다는 듯 바뀌었다. 당가의 사람이라면 지네나 거미 취급하

출행(出行) 135

는 그에게 있어서는 당연한 반응이었다.

"어이구, 이런. 예쁜 누이가 독충에게 물렸구나."

"하지만 당가는 부자잖아요? 당 대협께서 형부가 되면 비단 옷을 사줄지도 몰라요."

생각만 해도 기쁘다는 듯 유선이 키득키득 웃었다.

천방지축 말괄량이이긴 했지만, 표정 어딘가에 그늘이 있던 유선이었다. 하지만 지금의 유선은 그야말로 한 점 그늘 없는 환한 미소를 짓고 있었다.

"물론 부자긴 하지만……."

"오늘 큰 오라버니가 만나볼 거래요. 그래서 우리 언니는 지금 밖에 나와보지도 않아요. 지금쯤 술자리가 시작되었을 텐데, 우리 몰래 훔쳐봐요!"

창천존이 구미가 당긴다는 표정을 지었다.

혼사를 앞두고 술잔을 나누는 자리라니, 무슨 대화가 나올지는 몰라도 몰래 구경하면 재미있을 듯하다.

"그거 재미있겠구나! 어디에 있는데?"

"이층 객실에 있대요."

바로 이것을 위해 유선은 애타게 창천존을 기다렸었다.

"어서 가보자, 어서."

창천존이 유선을 품에 안고 신형을 솟구쳤다.

일 장 가까이 뛰어올라 기와에 착지했는데도 유선은 비명은커녕 생글생글 웃고 있을 뿐이었다.

창밖에 서서 귀를 기울여 보니 아니나 다를까, 소량과 당유회의 인기척이 느껴진다.

"음? 이제 보니 금협도 있구나."

창천존이 조그맣게 속삭였다. 소량과 당유회가 있는 객실의 옆방에 승조가 앉아 술잔을 기울이고 있었던 것이다.

"할아버지, 쉿."

유선이 조용히 하라는 신호를 보내자 창천존이 고개를 두어 번 끄덕였다. 그리고는 눈을 가늘게 뜨고 소독물, 당유회가 하는 이야기에 귀를 기울이기 시작했다.

"크게 내상을 입으셨기에 자리를 마련하지 못했으나, 처음 뵈었을 때부터 한잔 술을 나눠보고 싶었습니다."

당유회는 말 그대로 바짝 긴장해 있었다.

당가의 소가주로서 수많은 사람을 만나왔지만 이렇게 긴장한 적은 처음이다. 당유회는 손바닥에 맺힌 땀을 닦다가, 소량의 잔이 비워지자마자 번개처럼 잔을 채워주었다.

소량은 당유회가 따라주는 술을 받으며 창밖을 흘끔 바라보았다. 비록 창천존의 기운은 느끼지 못했으나, 유선의 기운이 창밖에서 느껴지는 것을 보면 그도 함께 있으리라.

옆방에서 승조의 기운까지 느낀 소량이 한숨을 내쉬고는 이번엔 당유회의 잔을 채워주었다.

"저 역시 마찬가지였습니다. 크게 은혜를 입었으니 대접을 해야 하는데 몸이 불편해 어쩔 도리가 없었지요."

소량과 당유회의 대화는 일상잡기를 주로 하고 있었다.

가족 관계가 어떠한지, 무슨 차를 좋아하는지, 어디어디를 가보았는데 풍광이 좋다느니 하는 대화들 말이다.

적당한 대화로 친분을 다졌으니, 이제 분위기가 무르익은 셈이다. 당유회가 조심스레 본론을 꺼냈다.

"진 대협께서는 말씀을 편히 해주십시오. 대협보다 연배가 어린 저입니다. 또한, 천애검협이라면 당금 강호에서도 한 손에 꼽히는 영웅이니……."

"하대를 바라시는 이유가 단순히 그 때문입니까?"

소량이 술을 한 잔 들이켜며 말했다. 본래 술을 즐기지 않는 소량이었지만, 반선 어르신과 함께 다니다 보니 절로 술이 늘었다. 기루에서 느껴본 바로는 제법 센 것도 같다.

소량이 한 잔 마셨으므로 당유회도 마실 수밖에 없었다.

"크으음."

잔을 들이켜자 당유회의 표정이 굳어졌다. 고작 두어 병을 마셨을 뿐인데 취기가 확 올라온다.

"승조가 마련해 준 술인데, 제법 괜찮군요."

당유회의 얼굴이 구겨졌다. 지랄 맞은 둘째 말이 마침내 난동을 부리고 만 것이다.

자칫하면 천애검협의 앞에서 취하게 생겼다.

"잠시 실례하겠습니다."

바짝 긴장한 당유회가 내력을 돋우며 손바닥을 가볍게 펼쳤다. 내력으로 주정을 모아 배출하려는 것이다.

술을 마시자고 청해놓고 할 짓은 아니지만 술에 취해 실수를 하는 것보다는 낫다.

창천존은 그런 천인공노할 짓은 처음 본다고 생각했다.

'어이쿠, 아깝게스리!'

저렇게 버릴 술이라면 차라리 나나 주지, 이게 무슨 짓인가! 창천존은 안절부절못하며 그 광경을 바라보았다.

그렇게 있다 보니 이내 재미있는 생각이 떠오른다.

'옳거니. 이 기회에 소독물이 손위 처남 될 사람의 앞에서 술에 취해 실수를 하는 꼴이나 구경해 보자.'

창천존이 가볍게 창문에 구멍을 뚫었다. 그리고는 지력을 발출하여 당유회의 혈도 몇 군데를 건드렸다.

당유회의 표정이 딱딱하게 굳은 것은 당연한 일이었다.

'당연, 자네는 독성이랍시고 나의 장난에 걸려들지 않았지만 자네의 후손은 다를 거야. 내 훗날 저승에 가면 자네 후손이 손위 처남 앞에서 얼마나 실수를 했는지 가르쳐 주지!'

창천존이 함박웃음을 지으며 방 안을 주시했다.

당유회는 창천존의 존재를 알지 못했다. 오히려 그것이 소

출행(出行) 139

량의 재주인 줄로만 알고 크게 감탄을 할 뿐이었다.
 '도대체 어떻게……!'
 지력을 발출했다는 느낌은커녕, 내력을 끌어올리는 느낌조차 받지 못했다. 이토록 은밀하게 혈도를 점할 수 있는 재주가 있다니 믿을 수가 없었다.
 물론, 그런 일을 전혀 하지 않았던 소량은 '창천존 어르신께서 장난을 치시는구나'라며 한숨을 내쉴 뿐이었다.
 '주정을 배출하지 말라는 뜻인가? 하긴, 여동생을 연모하는 사내를 만났으니 이해 못할 바도 아니지.'
 이것이 시험이라 생각해 더더욱 긴장한 당유회가 정신을 차리려 애쓰며 말했다.
 "물론 그 때문만은 아닙니다."
 소량은 희미하게 웃음을 지을 뿐, 대답을 하지 않았다. 일부러 당유회의 잔에 넘치도록 술을 따른 후, 당유회가 따라준 자신의 잔을 단번에 비워 버릴 따름이었다.
 당연히 당유회도 잔을 비워야 했다.
 이로써 세 병을 비운 셈이었다.
 하지만 소량은 그것으로는 모자라다고 여겼는지, 계속해서 당유회의 잔에 술을 따르고 그가 따라준 술을 비웠다.
 당유회는 언제쯤에야 소량이 입을 열까 궁금해하며 주는 대로 술을 들이켤 뿐이었다.

그렇게 네 병의 술을 더 비웠을 때였다.

"영화를 마음에 두셨다는 말씀이십니까?"

마침내 소량이 입을 열었다.

"그, 그렇습니다, 형님."

취해 버린 당유회가 상반신을 흔들며 말했다.

독하기로 유명한 백건아―승조는 그것으로는 안심이 안 되어 일부러 더 독하게 빚었다는 것들만 골라서 가져왔다―를 벌써 일곱 병이나 들이켰으니 취하지 않을 도리가 없다.

"형님이라는 호칭은 아직 이르군요, 당 대협."

소량이 또 한 잔을 들이켰다. 술이 세기는 센 모양인지, 벌써 여덟 병째인데도 소량의 태도는 꿋꿋했다.

"보시기에 제가 많이 부족합니까?"

"여동생을 둔 오라비라면 누구든 같은 생각을 할 것입니다. 기왕이면 여동생을 아껴주고 귀히 여겨줄 사람을 찾게 마련이지요. 저는 욕심이 많은지라, 거기에 한 가지 조건을 더하고자 합니다. 그 사람 또한 여동생이 연모하는 사람, 귀히 어기는 사람이기를 바랍니다. 제가 보기에는 아직 당 대협은 영화의 마음을 얻지 못한 듯싶습니다만."

"하아― 영화 소저가 좀 둔합니다."

당유회가 길게 한숨을 토해냈다. 곧 자신이 무어라 말했는지 깨닫고 입을 일자로 꾹 다물긴 했지만 말이다.

소량의 입가에 실소가 어렸다.

"또한, 승조는 누이를 대가로 보내는 것을 꺼려하더군요. 대가는 명예와 예식을 중시하는 곳으로, 가문을 유지하고 번영시키는 데에 치중하여 때로는 악한 짓까지 할 때가 있다고 하면서 말입니다. 그 말이 항상 옳은 것은 아니겠습니다만 일리가 없는 것도 아니더군요."

"사실 금협의 말이 옳습니다."

눈이 반쯤 풀린 당유회가 대답했다.

당가의 소가주로 살면서 권력의 더러운 모습을 많이도 보았다. 열 살 소년의 방에 여인을 밀어 넣는 사람도 있었고, 아부를 한다고 죽으라면 죽는 시늉까지 하는 사람도 있었다.

가주이신 할아버님을 보면 두렵기도 했다.

그의 행사는 언제나 칼날 같아서 정이라고는 없는 사람 같았다. 그가 가문을 이끌기 위해서 어쩔 수 없이 그리했다는 것은 어른이 되어서야 알았다.

"하면 어찌하시렵니까?"

소량이 질문하자, 취할 대로 취한 당유회가 고개를 살짝 숙였다. 소량이 한 잔을 더 들이켰지만, 당유회는 무례인 줄도 모르고 술잔조차 들지 않았다.

"처음엔 숨길까 고민했었지요. 평생 그녀가 모르게 할 자신도 있었습니다. 지금도 마찬가지입니다. 더러운 것은 모두

제가 하고, 그녀에게는 아름다운 것만 보여줄 수 있습니다."

소량의 미간이 못마땅한 듯 좁혀졌다.

"하지만 그럴 수가 없더군요. 평생 그녀를 속이고 기만할 수 있을 것 같지가 않습니다. 허리를 곧게 펴고 흔들림 없이 바라보는 그녀의 눈을 속이고 싶지가 않아요."

이번엔 소량의 미간이 슬며시 펴진다. 소량은 희미하게 미소를 지으며 자작하여 한 잔을 더 들이켰다.

'성품은 제법 괜찮구나.'

소량이 잔을 내려놓자 당유회가 말을 이어나갔다.

"하여 말하려 합니다. 속이지 않고 말하려 합니다. 단! 최대한 그럴 일이 없게 할 것이라는 것도 말하겠습니다! 명예를 위해 남을 속이기보다는 차라리 손해를 입더라도 정도로서 가고자 한다고 말하겠습니다, 형님!"

당유회가 단호하게 말하고는 또다시 고개를 푹 꺾었다.

아직 정신을 잃지는 않았겠지만, 횡설수설하는 것으로 보아 더 마시는 것은 차라리 독이 되리라.

"그러니까, 저는 영화 소저가… 그러니까……!"

"승조야, 가서 당가의 총관을 불러오너라."

소량이 조그맣게 중얼거렸다.

옆방이 갑자기 부산스러워졌다.

"기왕이면 창천존 노선배께 양해를 구하고 유선을 시켰으면 좋겠구나."

 이번에는 창밖이 부산스러워진다. 창천존이 유선을 데리고 황급히 아래로 내려갔던 것이다.

 소량은 눈을 가늘게 뜨고 웃었다.

 주변의 인기척이 사라지자, 소량은 술을 한 잔 더 들이켰다. 언뜻 보기에는 영화도 마음이 있는 것 같았다. 아직 혼인을 결정할 정도까지는 아닐지는 몰라도 말이다.

 '걱정하지 마라, 영화야. 네 마음이 확실해지기 전까지는 아무것도 결정하지 않을 생각이다. 지금은 그냥 오라비로서, 동생을 좋아한다는 사내를 만나본 것뿐이야.'

 그 때문에 소량은 확실하게 선을 그었다.

 한 번도 당유회에게 하대하지 않았고, 예의를 어긴 적도 없다. 술잔 역시 당유회가 아니라 소량이 먼저 따라주었다.

 '하지만 네가 혼인하기로 한다면 나는 찬성이구나.'

 소량이 그렇게 생각할 때였다.

 당가의 총관이 들어와 당유회와 그 옆의 술병들을 보고는 깜짝 놀란 표정을 지었다. 객실 밖으로 호위무사들을 물리더니, 독하다는 백건아를 열 병 가까이 들이켠 것이다.

 당가의 총관이 당유회를 데려가자, 소량은 자작을 시작했다. 문득 할머니의 웃음소리가 떠올랐다.

 '얌전한 고양이가 부뚜막에 올라간다더니 영화가 제일 먼

저 짝을 찾을지도 모르겠습니다, 할머니.'

잔을 비운 소량이 희미하게 웃으며 천장을 올려다보았다.

내외상은 이미 치유가 끝났다.

하지만 지금은 그보다 더한 상처를 치유받은 느낌이다.

사람이 살아간다는 것이 어떤 것인지 잊고 살고 있었는데, 동생들이 그것을 상기시켜 주었다.

소량은 역설적으로 강호로 나설 때가 되었음을 깨달았다.

'이제 떠나야 할 때로구나.'

동생들의 웃음소리가 발을 잡고 있지만, 평화로운 공기가 발을 잡고 있지만 이제 떠나야 할 때였다. 바로 그 웃음소리와 평화를 지키기 위해서 다시 강호로 나서야 한다.

소량은 눈을 지그시 감고 미소를 지었다.

2

어느새 밤이 깊어갔다. 시원한 바람을 즐기고자 열어둔 창문 너머로 별빛이 영롱한 빛을 뿜어내었다.

소량은 창밖을 물끄러미 바라보다가, 미리 챙겨둔 바랑과 철검을 챙겨들었다. 동생들의 얼굴을 보면 떠날 자신이 없어 야음을 틈타 떠나기로 마음을 먹은 것이다.

문가에 서서 머뭇거리던 소량이 바랑을 추스르고는 유선

과 영화가 머무는 방으로 향했다.

 문을 열어보니, 영화가 몸을 웅크리고 자는 모습과 이불을 한껏 걷어차고 잠에 빠져든 유선의 모습이 보였다.

 소량은 유선에게로 다가갔다.

 '녀석, 자는 모습은 예나 지금이나 똑같구나.'

 이렇게 배를 드러내 놓고 자는 습관 때문에 여름이 되면 배탈에 자주 걸리던 유선이었다. 소량은 유선의 배에 이불을 덮어주고는 그 이마를 잠시 쓰다듬었다.

 '너를 다시 찾지 못할까 봐 얼마나 걱정을 했는지 아느냐?'

 입맛을 쩝쩝 다시며 몸을 뒤척이는 유선의 모습에 소량은 희미하게 미소를 지으며 고개를 숙였다. 잠시 그 상태로 무언가를 생각하던 소량이 영화에게로 시선을 돌렸다.

 "다녀오마."

 영화의 신형이 움찔거렸다.

 알고 보면 영화는 아직 잠에 빠져들지 않았던 것이다.

 "대답하지 않을 참이냐?"

 영화의 어깨가 미약하게 들썩거렸다.

 가지 말라고 붙잡고 싶었다. 만신창이가 되어버린 오빠의 모습을 떠올리면 가슴이 아파 견딜 수가 없었다.

 하지만 당금 강호가 어떤 상황인지 잘 아는 영화였다. 그

중심에 할머니가 있음을 너무나 잘 안다.

그러므로 보내주어야 했다.

가슴 저미는 통증이 있더라도 보내주어야 했다.

"당가의 소가주, 만나보니 나쁜 사람은 아닌 것 같더라. 아직 혼인을 결심할 정도는 아닌 듯 보이지만 혹여 마음을 정한다면 반대는 않으마. 만약 진지하게 생각해 보지 않은 것이라면 한 번 진지하게 생각해 보아라. 진심을 보인 상대를 언제까지고 무시할 수는 없는 노릇이야."

영화는 그 말에도 대답하지 않았다.

영화가 울고 있음을 잘 아는 소량이 쓴웃음을 짓고는 자리에서 일어났다. 떠날 것을 결심한 이상, 어떤 말도 위로가 되지는 못할 터였다.

"동생들을 잘 부탁한다."

"흐흑."

마침내 울음소리가 새어 나왔지만, 소량은 듣지 못한 척 묵묵히 방을 빠져나갔다.

소량은 이번엔 승조와 태승의 방으로 향했다.

승조는 늦은 밤에도 서류 뭉치를 뒤적거리는지 방에 없었고, 태승은 침상에 누워 꼼짝도 않고 있었다.

사실, 태승도 영화처럼 깨어 있었다. 떠나는 형을 볼 자신이 없어 눈을 질끈 감고 자는 척을 하고 있을 뿐이었다. 그는 곧 이마로 따스한 햇살 같은 것이 내려앉는 것을 느꼈다.

'향시를 보지 못했다 들었는데……'

소량이 걱정스러운 얼굴로 태승의 머리를 쓰다듬었다.

사정이 아무리 어려워도 학문을 계속해 주기를 바랐는데 자신의 힘만으로는 현 상황을 수습할 수 없었다. 결국엔 이렇게 동생들도 말려들게 하고 말았다.

태승이 향시를 보지 못한 것이 꼭 자신의 책임인 것만 같아 미안한 마음이 들었다.

'내 꼭 할머니를 모셔 오마. 금방 모든 것이 안정이 될 테니 잠시만 참아라. 그때에는 하고픈 학문을 마음대로 할 수 있을 것이다.'

소량은 태승을 물끄러미 내려다보다가 몸을 돌렸다.

소량의 인기척이 사라진 후로 잠시 뒤…….

태승이 눈을 뜨고는 차갑게 눈빛을 빛냈다.

'그래요, 떠나십시오. 저는 큰형님과 달리 무림에 어울리지 않는 사람이니 붙잡을 수는 없겠지요.'

침상에 누워 있던 태승이 천천히 몸을 일으켰다.

'하지만 제가 할 수 있는 일이 없는 것은 아닙니다.'

태승은 자신이 덮고 있던 이불을 확 뒤집었다.

이불 아래에는 바랑이 하나 놓여 있었다.

한편, 태승이 무슨 생각을 하는지 까맣게 모르는 소량은 우울한 심정으로 복도를 넘어 후원으로 향하고 있었다. 후원에 당도해 보니 어렴풋이 누군가 서 있는 모습이 보인다.

다름 아닌 승조였다.

"가시는 것입니까?"

"그래, 간다."

소량이 담담하게 말하고는 승조에게로 걸어갔다.

승조는 뚱한 얼굴로 소량을 보고는 소매 춤에서 주머니 하나를 꺼내어 소량에게 건넸다.

"전표와 금자를 좀 넣었습니다."

말을 마친 승조가 주머니 하나를 더 꺼냈다.

"이건 은자와 구리돈을 넣은 것입니다. 전표나 금자는 어지간하면 쓰지 마시고 이 주머니가 다 비거든 채우는 데에 쓰십시오."

"금협을 동생으로 두었더니 호사를 누리는구나."

소량은 군말 없이 주머니를 받아 소매에 넣었다.

승조가 배웅을 하겠다며 객잔의 입구 쪽으로 걸음을 옮겼다. 소량이 승조의 옆에 서서 그의 어깨를 툭 쳤다.

"그런데 너는 짝을 찾지 못했느냐? 무창에 살 때는 자기 따라다니는 여자가 수십은 된다고 자랑하더니."

"찬물도 위아래가 있다고 하는데, 형수님 모시는 게 먼저 아니겠습니까?"

출행(出行) 149

승조가 형은 그동안 뭐했느냐는 표정을 지었다.

소량이 어깨를 으쓱하며 대답했다.

"나도 아직 찾지 못했구나."

"재주도 없지, 우리 형님은."

앉아서 소량의 모든 행적을 꿰뚫어 본 승조였다. 소량에게 연인이 없음은 예전부터 알고 있었다.

그때, 바랑을 한차례 추스르며 걸음을 옮기던 소량이 불현듯 무언가 떠오른 표정으로 승조에게 말했다.

"참, 유선은 창천존 노선배께 맡겼으면 한다."

"예? 그게 무슨 말씀이십니까?"

승조가 뜨악한 표정으로 소량을 바라보았다.

"그러다 지금보다 더 말괄량이가 되면 어쩌려고요?"

"팔자려니 해야지. 유선이 안전해진다면 감수할 만하다."

"만약에 혈마곡이 삼천존을 노리면요?"

소량이 눈을 지그시 감았다. 유선을 떼어놓는다는 결심은 결코 쉽게 할 수 있는 것이 아니었다. 여러 가지 경우를 생각했고, 그에 따를 결과도 예상해 보았다.

다른 동생들은 사리에 밝거니와, 무슨 일이 생기면 발을 뺄 만한 무공도 있다. 하지만 유선은 천방지축인 데다가 무공도 미약하기 짝이 없다.

어딘가 안전한 곳을 찾아 맡겨두는 것이 최선의 방법일 것인데, 맡길 만한 곳이 없었다. 유선이 지금보다 더 말괄량이가 될지도 모른다는 것이 마음에 걸리긴 했지만, 지금으로서는 떠오르는 사람이 창천존밖에 없었다.

'그럴 리는 없겠지만 만에 하나……'

만에 하나 자신과 할머니, 동생들에게 무슨 문제가 생기더라도 유선만큼은 살릴 수 있을 것이라는 계산도 있었다. 창천존이라는 고수를 죽일 수 있을 자는 거의 없을 테니까.

혈마곡이 삼천존을 노리고 극독을 만들었다는 사실을 알았다면 절대 그렇게 하지 않았겠지만, 안타깝게도 소량은 극독의 존재를 알지 못했다.

"그런 일이 생기면 창천존 노선배께서 직접 유선을 숨기실 것이다. 내 지나가는 말로나마 약조를 받아두었다."

승조는 몇 마디 말만으로 소량의 계산을 모조리 읽어냈다. 그리고 그에 동의했다. 절대로 입 밖에 꺼내지 않겠지만, 한 명만이라도 살 수 있는 방도가 있다면 그리해야 했다.

"알겠습니다. 내일 제가 말씀 올려보겠습니다."

승조가 한숨을 길게 내쉬며 중얼거렸다.

무거운 이야기가 지나간 탓일까.

객잔을 지나 저자에 이르기까지, 소량도 승조도 말이 없었다. 그저 어두운 거리를 성큼성큼 걸어갈 뿐이었다.

그렇게 이각을 걷자 마침내 관도가 보였다.

승조가 걸음을 멈추고는 소량에게 질문을 던졌다.

"이제 어디로 가려 하십니까?"

소량이 몸을 회복하는 동안 백방으로 할머니의 흔적을 찾아보았으나, 승조는 아무런 성과도 거두지 못했다. 지금 소량은 아무런 정보 없이 길을 나서는 것과 다름이 없었다.

"무림맹으로 갈까 한다. 너를 무시하는 것은 아니지만, 백 부님이라면 더 많은 것을 알고 있지 않겠느냐."

"단순히 그 이유 때문입니까?"

"그게 무슨 소리냐?"

승조를 스쳐 지나가려던 소량이 걸음을 멈추곤 물었다.

"혈마곡과 생사를 결하실 생각 아닙니까?"

항상 뚱한 표정만을 짓던 승조가 차가우리만치 무심한 눈으로 소량을 바라보았다.

소량은 일순간 대답을 하지 못하였다.

"저도 같은 일을 하려 합니다."

승조가 선언하듯 말하자 소량의 미간이 잔뜩 좁혀졌다.

승조는 그런 소량을 못 본 척하며 몸을 돌렸다. 관도 앞까지 왔으니 이제 돌아가 보겠다면서 말이다.

"승조야……."

"저는 지금 허락을 구하려는 것이 아닙니다, 형님. 통보를 하는 것입니다."

승조가 걸음을 멈추고 말했다. 자신이 말한 것은 꼭 지키고야 마는 승조의 성미를 잘 아는 소량이 고개를 저었다.

"마음은 안다만 허락할 수 없다."

"허락은 필요치 않다고 말씀드리지 않았습니까. 제가 금협이라는 별호를 얻었다는 것이 자랑스럽다고 하셨지요? 그 이름에 걸맞게 행동하려 하는 것뿐입니다."

승조가 다시금 저벅저벅 걸어 성읍 안으로 향했다. 소량이 빠른 걸음으로 걸어와 승조의 어깨를 잡아채었다.

"네 동생들은 어쩌려고 그러느냐! 또 네 누이는!"

"다들 자기 몸 정도는 지킬 줄 압니다. 유선이를 맡기기로 했으니 걱정할 것 없어요. 당장 저만 해도 별호를······."

"금협? 그까짓 것!"

소량이 버럭 고함을 지르며 조금 전에 받았던 전낭 두 개를 꺼내어 승조에게 집어 던졌다.

"돈을 버는 재주가 있다고 자만을 하는구나! 혈마곡이 어떤 곳인지 네가 알기나 해? 네가 사지로 걸어가려 하는데 내가 가만히 지켜볼 것 같으냐?"

"우리도 다 컸어요! 애가 아니란 말입니다!"

승조가 소량의 손을 홱 뿌리치며 말했다. 소량이 멍한 표정

출행(出行) 153

으로 그런 승조를 바라보았다. 승조가 화를 낸 적이 없는 것은 아니지만, 이처럼 화를 내는 것은 처음 보았다.

"혈마곡이 어디 형님만의 원수랍니까? 제게는 사지인 곳이 형님께는 사지가 아니랍니까? 언제까지고 저를 어린애로만 보실 참입니까! 그거 아세요? 형님이 하는 건 과보호예요! 형님은 우리 걱정일랑 접고 형님 인생이나……."

철썩―!

승조의 고개가 홱 돌아갔다. 노기로 몸까지 부들부들 떨던 소량이 그의 뺨을 후려친 것이다.

승조는 터져 버린 입술을 어루만지고는 천천히 허리를 굽혀 조금 전에 소량이 던진 전낭을 주워 들었다.

"어른 취급해 달라는 치기로 말씀드리는 것이 아닙니다. 형님의 마음을 모르는 것도 아닙니다."

소량의 표정이 조금씩 변해갔다.

승조의 말보다 그 눈빛이 마음에 들어와 박혔다.

치기 어린 것이 아닌, 다 자란 사내가 가질 법한 굳건한 의지가 그 안에 들어 있었다.

"형님이 저를 걱정해 주시는 만큼, 저도 형님을 걱정하고 있습니다. 그거 아십니까? 사실 저는 형님이 협객이라는 소리를 듣는 것이 싫습니다."

승조가 전낭을 건네주며 말했다.

"불쌍한 백성들 때문에 목숨이 위태로워도 도망가지 못할 것 같아서, 죽음을 목전에 두고도 불나비처럼 달려들 것 같아서… 그래서 저는 형님이 협객인 것이 싫습니다."

승조가 애절한 눈으로 소량을 바라보았다.

"가져가세요, 형님."

"……."

승조의 말이 끝나자 기나긴 침묵이 감돌았다.

말로는 허락을 구하는 것이 아닌 통보라 했지만, 승조는 소량이 자신을 이해해 주기를 간절히 바라고 있었다. 소량은 그의 마음을 알면서도 걱정 때문에 주저하고 있었고 말이다.

소량이 눈을 질끈 감으며 억눌린 어조로 말했다.

"동생들을 건사하면서도 할 수 있겠느냐?"

승조가 대답 없이 웃음을 지어 보였다. 소량이 삼백 명의 마인을 상대할 때보다도 더 지친 얼굴로 전낭을 받아 들었다.

잠시 뒤, 복잡한 미소를 짓고 있던 승조가 머리를 숙였다.

"먼 길 무탈하세요. 저는 들어가 보겠습니다."

그 말이 끝이었다.

할 말이야 무궁무진하게 남아 있었지만, 승조는 몸을 돌리고는 성큼성큼 걸음을 옮겼다. 그렇게 걸어가며 뒤 한 번 돌아보지 않는 것이 소량의 마음에 묘한 섭섭함을 남겼다.
"녀석아. 뒤돌아보면 무슨 큰일이라도 난다더냐?"
소량이 허탈한 듯 중얼거렸다.
하지만 그 안에는 묘한 기쁨도 숨어 있었다.
'다 자랐다고?'
승조는 '형이 협객인 것이 싫다'면서도 꾹 참고 자신을 보내주었는데, 정작 자신은 걱정 때문에 승조의 발을 묶어두기만 했다. 그것이 성장에 방해가 된다는 것도 모르고 말이다.
이제는 그가 어른이 되었음을 인정해야 할 때였다.
그것을 인정하고 보니 승조의 말이 마음에 걸린다.
'내 인생이라······.'
소량이 길게 뻗은 관도를 바라보며 생각했다.
잠시 그렇게 서 있던 소량이 천천히 걸음을 옮겼다.
소량은 몰랐지만, 그가 만신창이가 되었다는 사실은 동생들에게 절대 잊히지 않을 상처로 남아 있었다.
천만다행히 회생하긴 했으나, 동생들은 이미 '죽어도 복수하고 말겠다'고 결심한 후였다.
소량의 가족들을 제거해야 할 대상으로만 보고 있었던 혈마곡에게 그것은 몹시 끔찍한 일이었다.
그들이 그토록 경계했던 태허일기공의 전인들이 마침내

움직이기 시작한 것이다.
 그 시작은 형제들 중 셋째, 태승이었다.

 그날 밤, 태승 역시 종적을 감추었다.

第六章
무림맹

1

소량이 길을 나선 후로 석 달의 시간이 흘렀다.

혈마곡이 발호한 뒤로 천하무림에는 많은 변화가 있었다.

오대세가 중 하나인 남궁세가와 구파일방 중 하나인 화산파가 혈마곡의 습격을 받아 큰 화를 입었고, 곤륜파는 그나마 명맥조차 잇지 못하고 멸문지화를 입고 말았다.

하남 무림의 거목인 신도문의 문주, 단혼신도 곽채선이 혈마곡의 간자라는 것이 밝혀졌고, 덕택에 하남 무림 연맹은 출범과 동시에 와해되어 버리고 말았다.

연맹을 맺었더라면 내부의 적이 되었을 테니 다행인 일이나 크나큰 손실이라는 것 역시 부정할 수 없으리라.

소량이 요양 중일 때에도 강호는 피바람으로 얼룩졌다.

과거의 혈란 때 가장 큰 역할을 했던 남궁세가, 화산파, 곤륜파를 습격함으로써 복수의 시작을 알린 혈마곡은 이번엔 명문거파가 아닌 중소문파들을 제거하기 시작했다.

거기에는 세 가지 이유가 있었다.

첫 번째는 관부의 개입을 최소화하기 위함이었다.

강호의 몸통이라 할 만한 무림맹을 공격치 않고 유지시킴으로써, 조정으로 하여금 '무림의 일은 무림이 처리할 수 있을 것'이라는 희망을 갖게 한다.

하지만 중소문파만큼은 확실히 제거한다. 무림맹의 이름은 남겨두되, 내실은 깎아먹겠다는 계산이었다.

두 번째는 한때 일월신교의 교도였다가 조정의 권위에 굴복하여 개종한 이들을 섬멸하기 위함이었다.

전후(戰後)에 처리해도 될 일을 먼저 처리하는 셈이니 선후가 바뀌었다 말할 수도 있으나 혈마곡에게 그것은 몹시 중요한 문제였다. 일월신교의 복수를 위해 일어난 혈마곡이니, 그것이 최우선이 될 수밖에 없는 것이다.

세 번째로, 진무신모 유월향이 혈마곡으로 접근하고 있기 때문이었다. 진무신모를 꺾지 못하면 혈마곡의 야심은 저지당하고 만다. 진무신모를 꺾을 수 있느냐 없느냐에 따라서 천하대란의 결과가 바뀌리라.

강호의 누구도 모르고 있겠지만, 혈마곡에게 있어서 가장 중요한 이유는 다름 아닌 세 번째 것이었다.

그렇게 중소문파들이 멸문당하자 무림의 인심이 흉흉해졌다. 몸통이라 할 만한 무림맹은 건재했지만, 체감하는 피해는 대란의 한가운데 있다는 실감이 절로 들 만큼 컸다.

'그래, 대란의 한가운데 있는 게야.'

무림맹의 접객당(接客堂)에 소속된 수생검(水生劍) 서영권(徐英勸)이 생각했다.

눈이 툭 튀어나와 붕어와 같이 생긴 고로 '물속에 사는 검'이라는 별호가 붙은 것이었는데, 마침 수공을 특기로 삼았던 탓에 서영권은 내심 그 별호를 자랑스러워하고 있었다.

하지만 천하 무림의 안위를 위해 무림맹에 투신하고 보니 수공 따위는 별로 쓸모가 없었다. 아니, 기라성 같은 고수들이 즐비하니 자신 따위는 아예 눈에도 띄지 않을 정도였다.

글을 제법 잘 쓰고 예의에 밝은 면이 있었던 서영권은 이렇게라도 무림에 도움이 되겠다며 서기부(書記部)에 들어 접객당의 일원이 되었다.

'그리고 대란의 특징 중 하나가 바로 어중이떠중이들이 모인다는 게지.'

천하 무림의 안위를 지키겠다는 마음이야 응당 칭송해 줄 일이지만 제 목숨 날아가는 줄도 모르고 미약한 무공만 믿고 달려드는 중생들을 보면 안타깝기 짝이 없다.

개구리 올챙이 적 기억 못한다고, 자기도 마찬가지였던 주제에 서영권은 길게 한탄을 토해냈다.

'저놈 봐라. 제법 매끈하게 생기긴 했다만 몰골이 저게 뭐야? 우리 동네 삼득이도 너보다는 잘 입고 다녔었다.'

서영권의 앞에는 허름한 마의를 입은 청년이 무림맹을 보며 작게 감탄을 토해내고 있었다. 나름대로 무인 흉내를 내기는 한 모양인지, 허리춤에 낡은 철검이 매달려 있다.

'저 검은 또 어떠한가! 비록 대장장이는 아니지만, 내가 직접 만들어도 저것보다는 낫겠다. 어디서 주운 검인 모양인데, 병장기가 있다고 모두가 무림인인 것은 아니지.'

시골 청년이 어디서 잡다한 무공을 배우고서는 자신감에 가득 차 무림맹을 찾아온 모양이었다. 마음 같아서는 애먼 데에 목숨 버리지 말고 돌아가 농사나 지으라고 말해주고 싶지만, 접객당의 규율이 그를 가로막는다.

찾아오는 이는 무조건 정중하게!

무림맹의 접객당에 입당하면 가장 처음 배우게 되는 가르침이 바로 그것이었다.

'어차피 입맹하려면 삼관(三關)을 거쳐야 하니… 일단 이름을 묻고 별호가 있다면 그것도 좀 알아보고 해야겠지.'

서영권이 혀를 끌끌 차고 있을 무렵, 현문을 지키던 외당(外堂) 순찰조(巡察組)의 무인들이 실소를 지으며 서영권의 앞에 청년을 들이밀었다.

"저기 저분께 이름과 별호를 고하시면 될 거요."

"에헴."

서영권은 허리를 펴고는 나름대로 기세를 북돋웠다. 단순히 그것만으로도 애송이들은 기가 죽어 포기하게 마련이다.

하여 서영권은 '무림맹의 삼관을 거치기 전에 이 서영권부터 거쳐야 한단 말씀이야. 즉, 나야말로 무림맹의 진정한 일관인 셈이지'라며 자랑을 하곤 했다.

"무림맹을 찾은 젊은 협사께 환영한단 뜻을 전하오."

서영권이 무림의 명숙이라도 되는 양 엄숙하게 말했다. 무림맹을 둘러싼 외벽의 크기를 보고 감탄하던 청년이 이내 정중한 태도로 장읍했다.

"환대에 감사드립니다."

서영권은 내심 감탄했다.

'호오, 제법 담대한 놈이로고.'

무림맹의 웅장함을 보고도 감탄은 할지언정 주눅은 들지 않는다. 거기에 더해서 일부러 기세를 팍팍 뿌렸건만 흐르는 물처럼 담담한 기색일 뿐, 아무렇지도 않은 듯하다.

'하지만 무림은 배짱만으로 살아갈 수 있는 곳이 아니다.'

무림맹 165

서영권은 내기를 더더욱 끌어올렸다. 항상 주눅 든 어중이떠중이들만 보다가 멀쩡하게 버티는 놈을 보자 '어디 네놈이 얼마나 가나 보자' 하는 심정이 든 것이다.

하지만 청년은 여전히 담담했다. 차분한 얼굴로 서서는 왜 서영권이 조용히 있을까 궁금해할 뿐이었다.

잠시 그렇게 서 있던 청년이 질문을 던졌다.

"대인(大人)께서 신분을 확인하는 중책을 맡고 계시다 들었습니다. 절차를 잘 몰라 그러한데, 이제 저를 소개해도 되겠는지요?"

서영권의 기세가 푸시식 꺼졌다. 상대가 호응을 하지 않으니 내기를 끌어올린 자신이 멍청이처럼 느껴진다.

서영권은 붉으락푸르락한 얼굴로 고개를 끄덕였다.

"그리하시오."

"저는 진가 사람으로, 이름은 소량이라 합니다."

"흐음. 진소량이라."

서영권이 '천애검협과 이름이 같구먼' 이라고 생각하며 방명록에 이름을 적어갔다. 느릿느릿하게 이름 석 자를 적은 서영권이 무심한 어조로 질문했다.

"별호는 있소이까? 보아하니 강호 초출인 듯한데."

"말씀드리기 민망한 것인데……."

청년이 민망한 표정으로 미소를 지었다.

서영권의 입가에도 실소가 떠올랐다. 본래 별명이라는 것은 타인이 지어주는 법인데, 강호초출 애송이들은 무슨 패왕이니 무슨 신검이니 하는 식으로 스스로 별명을 짓는다.

 무림을 모르는 백성들 앞에서야 자랑스레 꺼낼 수 있겠지만, 천하의 무림맹 앞에서는 민망해하지 않을 수 없으리라.

 서영권의 생각은 과히 틀리지 않았다. 자신의 입으로 별호를 소개하는 것이 청년도 거의 처음이었던 것이다.

 "제게는 과분하나 천애검협이라는 별호로 불립니다."

 "그래, 천애검협… 으엉?"

 서영권이 기이한 소리를 내며 소량을 바라보았다.

 외당의 순찰조원들도 경악하여 헛바람을 들이켰다.

 "헉! 신협(神俠)!"

 진소량이라는 이름을 처음 들었을 때만 해도 그저 동명이인인 줄로만 알았던 그들이었다. 설마 하니 진짜 천애검협일 거라고는 아무도 생각하지 않았던 것이다.

 "처, 처, 천애검협? 천애검협 진소량?"

 서영권이 경악하여 외치자, 소량은 다시 한 번 장읍하고는 자신이 무림맹을 찾아온 목적을 설명해 나갔다.

 "실은 무림맹의 맹주님을 뵙고자 찾아온 것입니다. 맹주님을 뵙는데 필요한 절차가 있으면 알려……."

 "잠시만 기다려 주십시오, 대협!"

안 그래도 튀어나온 서영권의 눈이 더더욱 밖으로 튀어나왔다. 자리에서 벌떡 일어난 서영권이 실핏줄마저 일어선 눈으로 소량의 위아래를 살펴보았다.

허름한 마의와 낡은 철검, 영준한 얼굴과 깊디깊은 눈.

찬찬히 살펴보니 과연 소문과 다르지 않다.

"지, 진짜 진 대협이란 말씀이십니까?"

"그렇습니다."

소량이 고개를 끄덕이자 서영권이 침을 꿀꺽 삼켰다. 진짜 천애검협인지, 가짜 천애검협인지는 모르겠으나 자신이 감히 그것을 확인할 수는 없다.

그것을 확인할 사람은 따로 있다.

"자네들, 잠시 여기 좀 보고 있게! 아니지, 아니야! 전부가 이리 오면 어떻게 하는가! 한 명은 접객당주를 모셔와야지!"

"그, 그렇게 하겠습니다!"

순찰조원 한 명이 바람처럼 사라졌다. 나머지 순찰조원들은 긴가민가하는 표정으로, 하지만 흠모의 염이 가득 담긴 표정으로 소량을 바라보며 감탄을 토해냈다.

서영권이 재빨리 읍을 해 보였다.

"진 대협께 사죄의 말씀을 올립니다. 제가 눈이 멀어 대협을 알아보지 못하고 감히 기다리게 하였으니……."

"아니, 아닙니다."

중년의 나이가 다 된 사람이 한참 어린 자신에게 공손히 허리를 숙이니 민망하기만 하다. 당황한 소량이 연신 고개를 저으며 괜찮다는 뜻을 표했다.

"이쪽으로 오시지요. 접객당주께서 곧 오실 것입니다."

"예."

소량이 고개를 끄덕이자, 서영권이 아예 허리까지 굽혀가며 길을 안내했다.

소량은 서영권의 뒤를 쫓아 걸음을 옮겼다.

무림맹의 규모는 너무나도 컸다.

무림맹은 조정의 허락을 받아 황성만큼이나 높다란 벽을 쌓을 수 있었는데, 그 안에 들어가자 외당의 모습이 보였다.

외당은 천지인(天地人) 중 인급(人級)의 무사들이나, 사신당(四神堂)의 하위 조(組)에 속한 무인들이 업무를 보는 것으로, 최근 중소문파들이 멸문지화를 입는 경우가 많은 까닭에 그야말로 사람들로 득시글거리고 있었다.

고작 외당에 불과한데도 이층 건물이나 삼층 건물이 심상치 않게 보인다. 높은 건물이 익숙지 않았던 소량이 주위를 둘러보며 또다시 감탄을 토해냈다.

서영권의 눈이 가늘어졌다.

'잠깐. 진짜 천애검협이라고 보기엔 뭔가 이상한데?'

천애검협이라고 보기엔 너무나 순박해 보인다.

기세가 담담하긴 하지만 본래 성품이라면 그럴 수도 있는 노릇 아닌가! 만에 하나 그가 천애검협을 사칭한 사기꾼이라면, 자신은 꼬장꼬장한 접객당주에게 정강이를 신나게 까이며 수모를 당해야 한다.
 하지만 진짜 천애검협이냐고 물어볼 수도 없다.
 만에 하나 그가 진짜 천애검협이라면 접객당주에게 정강이가 아니라 뺨을 후려 맞게 되리라.
 '이를 어찌한다……?'
 잠시 고민하던 서영권이 은밀하게 물었다.
 "얼마 전에 큰 혈사를 겪으셨다 들었습니다, 진 대협."
 "예?"
 "유영평야에서 삼백 마인과 혈투를 벌이셨다지요?"
 유영평야의 혈사는 어느 촌로의 신고로 관부에 먼저 알려졌다. 그것이 무림인들의 혈투였음을 짐작한 관부는 무림맹에 조사관을 파견해 줄 것을 요청했다.
 무림맹의 조사관들은 시신을 분석한 끝에 검천존, 창천존의 무학과 검으로 펼쳐진 태룡과해의 흔적을 발견했다.
 무림맹 내부에 '천애검협이 삼천존과 더불어 삼백 무인을 상대했다'는 소문이 퍼진 것은 당연한 일이라 할 수 있었다.
 소량이 멋쩍은 표정으로 대답했다.
 "…모두 반선 어르신 덕분이지요."

실제로는 한 일이 적지 않은 소량이었지만, 정작 본인은 반선의 발목만 잡았다 생각하고 있었다.

 자신을 보호하느라 반선 어르신께서 얼마나 많은 고생을 했었는지를 떠올리면 그리 생각할 법도 한 일이었다.

 "반선 어르신?"

 "검천존 경여월 대협 말입니다."

 서영권의 표정이 흠칫 굳어졌다.

 '검천존에게 반선이라는 별명이 있었던가?'

 머리를 열심히 굴려보았지만 서영권은 답을 찾지 못했다.

 검천존의 행적은 구름 속의 신룡과 같아서 소문이 잘 나지 않는다. 어디서 검천존이 무얼 했다더라, 하는 모호한 이야기만 전설처럼 전해질 뿐이었다.

 '하지만 묘하게 세부적인 데가 있구나. 만약 이자가 진짜가 아니라면, 사기에 천부적인 재질을 가진 놈일 것이다.'

 서영권이 요상한 표정으로 소량을 돌아보았다.

 아무리 봐도 천애검협이라는 절대고수라기엔 무위가 부족해 보인다. 고수라면 그만한 기풍을 풍기게 마련인데, 아무리 봐도 시골 청년으로만 보이는 것이다. 심지어 '내가 덤벼도 이길 것 같다'는 생각이 들 정도였다.

 서영권이 그리 생각하는 것은 어쩌면 당연한 일이었다.

 기운이 워낙에 이상하게 바뀌어 소량 스스로도 그것이 태허일기공인지 아닌지 확신할 수 없는 지금이다. 기운이 담담하고 투명하니, 남이 보면 내력이 존재하는지도 불확실하게 느껴지리라.

그렇게 걷다 보니 어느새 내당(內堂)이다.

내당의 건물은 황궁에 비견해도 될 만큼 화려했다. 외당처럼 이층이나 삼층 건물들이 주를 이루는데, 건물 하나하나의 너비가 외당과는 비교도 안 될 정도로 크다.

내당의 중심에는 무려 사층이나 되는 커다란 건물이 서 있었는데, 그곳이 바로 무림맹의 모든 것이라 할 수 있는 창천검전(蒼天劍殿)이었다.

'하! 대단하다. 우물 안 개구리였다는 말이 실감나는구나.'

소량이 주위를 둘러보며 감탄을 토해내었다.

주변을 돌아다니는 사람이 수십 명이 넘는데, 그 기세가 어찌나 엄정한지 발걸음 소리도 제대로 들리지 않는다.

소량은 무당파의 제자들이 도복을 펄럭이며 지나가는 장면이나, 오대세가 중 제갈세가의 무인들이 서류뭉치를 들고 걸어가는 것을 감탄의 눈으로 바라보았다.

서영권의 심정이 점점 더 불안해졌다.

'도대체 어떻게 해야 되는 거야?'

내당의 중심에 이르렀는데도 접객당주가 모습을 드러내지 않는다. 이제 창천검전에 들어가야 할 차례인데, 만약 이자가 천애검협이 아니라면 접객당주도 아닌 자신이 사기꾼을 데리고 무림맹의 본당에 들어가는 셈이 된다.

불안해진 서영권이 '만약 진짜 천애검협이 아니라면 크게 치도곤을 당하게 될 것이다' 따위의 경고를 해볼까, 아니면 참아볼까 고민할 때였다.

창천검전의 이층에서 어느 여인의 목소리가 들려왔다.

"진 대협! 여기요!"

창천검전 앞을 지나던 진씨 성을 가진 무인들이 모조리 이층을 돌아보았다. 동쪽 귀퉁이의 방에서 아리따운 여인이 창문 밖으로 몸을 내밀고 열심히 손을 휘젓고 있었다.

'어? 저 소저는……'

소량의 눈이 휘둥그레 커졌다.

반선 어르신과 동행할 당시에 만났던 제갈세가의 소저가 반가운 얼굴로 손을 흔들고 있는 것이다.

수많은 사람이 자신을 바라보자, 제갈영영은 한 명을 콕 찍어야 할 필요성을 느꼈다.

그래서 그녀는 아예 별호까지 거론했다.

"천애검협 진 대협! 우리 오랜만이지요?"

그와 동시에 좌중의 분위기가 바뀌었다.

"천애검협이라면… 신협 진소량?"

누군가의 중얼거림과 동시에 시간이라도 정지한 듯 모두

의 걸음이 멈추었다. 식사를 하러 가던 무당파의 도사들도, 연무장으로 향하던 팽가의 무인들도, 심지어 염주를 굴리며 걸어가던 소림사의 승려들도 걸음을 멈춘다.

그리고 모조리 한 곳을 바라본다.

'저자가 천애검협이라고?'

천애검협 진소량은 검기성강의 경지에 이르렀다는 절대고수다. 한 문파의 장문인이나 장로쯤 되어야 강기를 배출할 수 있다는 것을 생각해 보면 믿을 수 없는 경지였다. 스물서넛이나 되었음직한 그의 나이를 감안하면 더더욱 그렇다.

사람들은 천애검협이 무림맹 내당에 있다는 경악과 허름한 마의와 낡은 철검이 주는 묘한 감흥이 뒤섞인 시선으로 소량을 바라보았다.

그 속에는 질시와 호승심도 숨어 있었다.

'이런. 일이 난감하게 되었구나.'

수많은 시선과 날 선 기세를 느낀 소량이 쓴웃음을 지었다. 무인들의 기세인지라 날카롭기 짝이 없었지만, 소량은 담담한 얼굴로 서서 모든 기세를 흘려내었다.

조금의 흔들림도 없는 모습에 사람들이 감탄을 토해냈다.

물론, 감탄을 토해내는 이들 중에는 서영권도 있었다.

'이런 씨벌! 물어봤다면 큰일 날 뻔했구나!'

구사일생을 실감한 서영권이 크게 한숨을 토해냈다.

2

 안육(安陸)에서 소량과 헤어진 제갈영영은 그 길로 무림맹으로 향했다. 나름 진법에 뛰어나니 큰 도움이 될 것이라고 자화자찬하며 무림맹에 도착한 제갈영영은 아버지를 만나자마자 엄청나게 꾸중을 들었다.

 말 그대로 눈에 넣어도 아프지 않을 딸이 위험천만한 곳에 찾아왔다고 여긴 제갈세가의 가주, 제갈군(諸葛郡)은 몹시 노하여 당장 세가로 돌아가라며 역정을 냈다.

 제갈영영은 아버지가 그렇게 화를 낼 줄은 상상도 하지 못했다. 강호가 험난하다는 것은 알고 있지만, 자신 역시 무가의 여식이다. 무림의 안위가 풍전등화나 다름없는 처지에 놓였는데 손 놓고 가만히 있을 생각은 없었다.

 그녀가 돌아가지 않겠다고 반항하자 제갈군은 손찌검까지 하려 들었다.

 아버지의 고집도, 여동생의 고집도 잘 아는 제갈세가의 대공자 제갈현중(諸葛玄重)이 개입하지 않았더라면 제갈영영과 제갈군의 부녀싸움은 아마 끝나지 않았을 터였다.

 제갈현중은 '제가 안전히 데리고 있다가 세가로 돌려보내겠다'고 아버지를 설득하는 한편, '부모의 걱정을 모르는 척

하는 것은 크나큰 불효다'라며 제갈영영을 꾸중했다.

그리고 제갈영영에게 자신의 곁에서 멀리 떨어지지 말라고 엄명을 내림으로써 부녀싸움을 중재했다.

그 엄명 덕택에 제갈영영은 오라버니가 가는 곳이라면 어디든지 따라가게 되었다. 무림맹의 천조각(天鳥閣)이나, 군사부(軍師部)로 이리저리 끌려다니는 것으로도 모자라 후기지수들이 교분을 나누는 자리까지 말이다.

지금도 제갈영영은 후기지수들과 함께 있었다.

"휘하의 문파를 세 군데나 잃어버린 이후로 많은 것이 바뀌었소. 그들이 보내오는 후원금이 끊겨 세가의 유지조차 힘들뿐더러, 더 크게는 백성들의 인망이 떠나가고 있소이다."

거력패웅(巨力覇熊) 팽운양이 말했다.

그는 팽가의 적손으로, 그의 아비가 바로 팽가의 소가주였다. 날 때부터 가문의 후계자로서 수업을 받아온 그로서는 당금 처한 상황이 난감치 않을 수 없었다.

마찬가지로 모용세가의 직계 후손인 운중협(雲中俠) 모용단천(慕容亶天)이 크게 고개를 끄덕이며 동조했다.

"그 심정을 알 것 같소. 우리 모용세가 역시 비슷한 상황을 겪고 있소이다. 혈마곡이 우리 모용세가를 크게 본 모양인지, 휘하의 문파 여섯 군데가 멸문의 화를 입었지요."

혈마곡은 과거 천하대란 때에 큰 역할을 했던 문파의 휘하에 있는 중소문파들부터 공격했다.

과거에 큰 역할을 했을수록 후에 성세를 누렸기 때문에, 당금 강호에서 혈마곡으로 인해 입은 피해가 많다는 말은 곧 '우리 가문이 그렇게나 번영했다'는 뜻이기도 했다.

모용단천은 알게 모르게 그것을 자랑하고 있었다.

"하면 어찌 그 상황을 타도했소이까?"

팽운양이 진지한 얼굴로 질문했다.

모용단천이 싱긋 웃어 보였다.

"그저 정도로서 행했지요."

"허! 모용 소협께서 이 팽 모를 너무 높게 보시는 모양이구려. 부디 풀어서 설명해 주시구려."

"천하대란이 어디 폐가와 휘하의 문파들만의 문제겠소? 상황을 깊이 우려하신 폐가의 어른들께서는 부근의 문파들에 공조를 구하셨다오. 자고로 뭉치면 살고 흩어지면 죽는 법, 모두가 뭉치고 나니 위기를 타개할 수 있더이다."

휘하의 문파들이 멸문을 당해 후원금이 끊기자, 모용세가는 당장 가문의 유시조차 어려워졌다. 다급해진 그들은 이전에는 소 닭 보듯 하던 지역 변방의 문파들과 공조하여 방어벽을 구축했다. 후원금을 받고 무학에 뛰어난 가솔들을 파견하여 대신 방어를 해주는 식의 관계가 성립된 것이다.

"그런 방법이 있었구려!"

팽운양이 크게 감탄을 토해냈다.

"이럴 때일수록 치안을 중시하는 것도 한 방편이지요. 재물이 부족한 처지일지라도 구휼미를 풀고 위로금을 지급하시오. 그렇게 민심을 얻으면 후에 절로 후원금이 모이게 될 것이외다. 관부의 도움을 빌리면 그 시간이 더 짧아질 테고 말이오."

"아! 모용 소협이야말로 지자라 할 만하오!"

모용단천이 말하자 팽운양이 제 무릎을 철썩 치며 외쳤다.

본래 팽운양은 자존심이 세고 아둔한 데가 있어, 정치적인 문제에 대해서는 잘 알지 못했다.

이미 자신의 가문에서도 시행하고 있는 방법인데도 팽운양은 '필히 건의 올려야겠다'라며 감탄했다.

우월감을 느낀 모용단천은 그런 팽운양의 모습을 흐뭇하게 바라보며 차를 한 모금 들이켰다.

"한데, 제갈세가는 어떤 돌파구를 마련했는지요?"

모용단천이 조용히 앉아 차만 홀짝거리고 있는 제갈현중에게 질문을 던졌다. 제갈현중은 그들과 달리 이미 소가주 위에 오른 사람으로, 나이도 그들과는 제법 차이가 났다.

그의 여동생인 제갈영영이 그들 또래인데, 그녀와 제갈현중과의 나이차는 여덟 살 가까이 된다.

"자네의 계책과 크게 다름이 없다네."

제갈현중이 희미하게 웃으며 말했다.

연배로 따지면 이들과 어울릴 처지가 아니지만, 가문끼리의 교분을 위해서는 어찌할 도리가 없다.

소가주의 위에 올랐으면서도 연배가 어린 사천당가의 소가주 당유회나, 사람이 진중하기로 소문이 난 남궁세가의 소가주, 남궁현(南宮賢)이 있었더라면 제갈현중은 일찌감치 이 자리에서 벗어나 집무실에 틀어박혔을 터였다.

"다만 조언하건대, 그 문제는 그리 가볍게 볼 것이 아닐세. 상황을 봄에 있어서 이면도 보는 재주가 필요하지. 나이가 좀 더 들면 알게 될 것일세."

"이면이라… 설명을 부탁드려도 되겠습니까?"

나이가 더 들면 알게 된다는 말에 모용단천이 울컥한 표정을 지었다. 자신의 재주가 결코 부족하지 않거늘 나이가 어리다는 이유 하나만으로 무시를 당했다 여긴 것이다.

제갈현중이 쓴웃음을 지었다.

'자네 아버님께서 걱정을 하시는 까닭을 알 것도 같네.'

모용세가가 휘하의 문파들과 공조를 결심한 것은 결코 후원금 때문만은 아니었다. 그들의 생존이 자신들의 생존과 직결되기 때문이다.

하지만 모용단천은 그저 자금줄이 회복되었다는 것만 기뻐하고 있었다. 바로 눈앞만 볼 줄 아는 좁은 시야에 절로 한숨이 나올 지경이었다.

거기에 더해, 자만심이 꽉 차 있어 절로 눈살을 찌푸리게 된다. 가문에서 최고로 자라왔으니 밖에서도 그럴 줄 아는 모양인데, 무림맹은 그렇게 호락호락한 곳이 아니다.

'뭐, 나이가 들면 알게 될 테지.'

제갈현중이 온화하게 웃으며 입을 열었다.

굳이 싸움을 벌이고 싶은 생각은 없었기에, 그는 교묘하게 대화를 회피했다.

"내 실언을 했네. 자네의 재주가 뛰어난데 무시를 하고 말았어. 기분 풀게나. 나는 다만 자네가 장기적인 계책을 내놓지 않기에 그리 말한 것뿐이라네."

"그렇군요. 하면 고견을 들려주십시오."

고견을 청한다고 말은 하고 있지만, 제갈현중의 말에 허점이라도 있으면 아예 물고 늘어질 태세다.

"하아—"

제갈현중이 한숨을 길게 내쉬고는 그에게서 시선을 떼어 제갈영영을 돌아보았다. 제갈영영은 귀찮은 표정으로 창밖만 멀뚱멀뚱 구경하고 있었다.

사실, 제갈영영에게 이 모든 것은 지루하기 짝이 없는 문제였다. 그녀는 이미 모용단천이 제시한 모든 것을 꿰고 있었다. 장기적인 대책 역시 나름대로 생각해 둔 바가 있다.

하지만 그녀는 아무런 말도 하지 않았다. 모용단천과 팽운양의 모습에 실망을 했기 때문이었다.

'후원금을 얻기 위해서 백성들을 구휼한다고? 홍! 결과는 좋을지 몰라도 의도가 엉망이로구나. 백성들을 불쌍히 여겨 구휼해야 옳은 것 아닌가?'

한때 그녀의 오빠인 제갈현중은 권력이 어떻게 사람의 눈을 가리는지 경고한 적이 있었다.

제갈영영은 지금 그 표본을 보고 있다고 생각했다.

'운중협이니 뭐니 하지만, 협자는 빼야 되겠다.'

지금의 대화 이전에도 마찬가지였다. 시국을 걱정하며 나눈다는 이야기가 고작 제 가문에 대한 자랑이거나, 가문의 권력을 지킬 방도에 관한 것뿐이다. 강호의 협객을 동경했던 그녀에게는 우울할 정도로 한심스러운 이야기였다.

'세상엔 천애검협과 같은 사람도 있는데.'

제갈영영이 그렇게 생각할 때였다.

창밖에 천애검협의 모습이 보였다.

제갈영영은 혹시 잘못 봤나 싶어 눈을 부비부비 비볐다. 하지만 다시 봐도 천애검협의 모습은 그대로였다.

"우와!"

제갈영영이 벌떡 자리에서 일어나자 제갈현중의 눈썹이 꿈틀거렸다. 모용단천과 팽운양도 의아한 표정으로 제갈영영을 바라보긴 마찬가지였다.

그때, 제갈영영이 갑자기 손을 흔들며 외쳤다.

"진 대협! 여기요!"

제갈현중의 의아함이 한층 더 커졌다.

제갈영영이 세가 밖으로 외출한 적이 손에 꼽을 정도로 적은 까닭에, 그녀가 아는 인물은 대부분 자신도 안다.

제갈현중은 '과거 세가에 방문한 적이 있는 이들 중 진씨 성을 가진 사람이 누가 있더라'라고 생각하며 질문했다.

"도대체 누구기에 그러느냐?"

곧이어 믿을 수 없는 외침이 들려왔다.

"천애검협 진 대협! 우리 오랜만이지요?"

제갈현중의 눈이 휘둥그레 커졌다. 그는 믿을 수 없다는 듯 제갈영영의 뒤로 걸어가 창밖을 내려다보았다.

모용단천과 팽운양 역시 마찬가지였다. 창문 밖으로 고개를 빼어보니 허름한 마의에 낡은 철검을 걸친 청년이 수많은 사람들의 시선을 받고 서 있는 모습이 보였다.

제갈현중이 제갈영영에게로 시선을 돌렸다.

"네가 어찌 천애검협을 아느냐?"

"아차! 기억하지 못할지도 모르는데."

제갈영영이 뒤늦게 깨달았다는 표정을 짓더니, 아예 창밖으로 몸을 빼고는 손을 모아 입에 대고는 외쳤다.

"저 기억나요, 진 대협?"

제갈영영의 말이 끝날 즈음이었다.

그녀의 귓가로 소량의 전음성이 들려왔다.

[물론 기억하고 있소. 너무… 과한 환영을 해주시는구려. 후에 따로 찾아뵐 터이니 어서 방으로 들어가시오. 자칫하다 떨어지겠소.]

전음을 보내본 적이 드문지, 좀 들쭉날쭉한 전음성이었다. 제갈영영은 환하게 미소를 지으며 고개를 열심히 끄덕이고는 그제야 방 안을 돌아보았다.

가장 먼저 오라버니의 무서운 얼굴이 보였다.

"설명을 좀 들어야겠구나."

제갈현중이 눈을 가늘게 뜨고는 말했다.

第七章
백부(伯父)

1

 창천검전의 앞에서 담담히 서 있던 소량이 희미하게 웃음을 지었다. 창밖으로 몸을 반절이나 빼고 있던 제갈 소저를 생각하자 절로 웃음이 나온다.
 처음 볼 때부터 밝고 유쾌한 소저다 싶었는데, 잠깐의 인연을 잊지 않고 이렇게 환대해 주니 고마운 마음도 들었다.
 물론 조금 과한 환영이기는 했지만 말이다.
 '그녀에게 얻은 것 역시 적지 않지.'
 제갈영영은 모르겠지만, 소량은 그녀 덕택에 내내 고민해 왔던 문제에서 벗어날 수 있었다.

'나중에 꼭 찾아보아야겠구나.'

소량의 입가에 어린 미소가 더욱 더 짙어져 갔다. 영화나 유선을 볼 때와는 다른 묘한 느낌이 들었다.

그 웃음을 본 서영권이 '왜 나를 보고 웃고 난리지? 역시 화가 난 건가?'라며 홀로 초조해할 무렵이었다.

뒤늦게 천애검협이 당도했음을 안 접객당주 염승완(染丞琬)이 마침내 창천검전에 당도했다.

"잠시만 비켜주시오, 잠시만! 오, 서가야!"

접객당의 당주라는 이름에 걸맞지 않게, 그는 한 번에 천애검협을 알아보지 못했다.

염승완이 서영권을 바라보며 외쳤다.

"이놈, 서가야! 진 대협은 어디에 계시느냐!"

"당주! 목소리를 낮추십시오!"

깜짝 놀란 서영권이 소량을 흘끔흘끔 바라보며 외쳤다.

염승완은 처음엔 멍한 표정을 지었다가, 소량의 이모저모를 살펴보고 나서는 크게 당혹하여 말했다.

"헉! 이거 실례를 했구려."

"저는 진가 사람으로, 이름은 소량이라고 합니다."

"염 모가 천애검협을 뵙소이다."

소량이 차분한 표정으로 읍하자 염승완이 크게 허리를 숙였다. 소문에 따르면 천애검협은 도천존의 제자로, 도가 아닌

검으로서 태룡도법을 펼쳐 낸다 했다.

도천존의 제자라면 배분상 자신의 윗줄에 있다.

"과, 과례십니다. 어서 허리를 펴십시오."

당황한 소량이 손사래를 치며 말했다.

"단 노사의 제자 되시는 분께 어찌 그리할 수 있겠습니까? 에서 이럴 게 아니라, 어서 후원에 드시지요. 맹주께서는 이미 천애검협께서 방문하거든 때를 따지지 말고 모셔오라는 명령을 내리신 바 있습니다."

염승완이 공경 어린 태도로 말했다. 무림맹주의 이야기가 나오자 소량이 긴장한 듯 침을 꿀꺽 삼켰다.

무림맹주 진무극(秦武克).

그는 아직 천존의 경지에 이르지는 못했으나 머지않아 그러한 경지에 이르리라 짐작되는 절대고수로, 무림맹의 맹주로서 혈마곡의 준동을 미리 짐작하고 대비해 온 선각자였다.

그리고 사사로이는 소량에게 백부가 된다.

이번이 처음 뵙는 것이니 긴장이 아니 될 수가 없다.

염승완은 창천검전을 빙 돌아 후원으로 소량을 안내했다. 기화요초들이 자리한 후원을 성큼성큼 걸어가던 염승완이 편안한 미소를 지으며 질문했다.

"사제 되시는 분은 잘 계신지요?"

"예? 아! 아진(兒珍)을 말씀하시는 것이군요."

연호진을 떠올린 소량이 씁쓸한 미소를 지었다.

생각해 보니 그간 연호진에게 서신 한 통 보낸 적이 없다. 자신이 너무 무심했구나 싶어진 소량이 길게 한숨을 토해내자, 염승완이 의아한 표정을 지었다.

"어찌 그러시는 것입니까?"

"도천존 단 대협과 헤어진 이후로 아진을 만난 적이 없습니다. 그간 쉴 틈 없이 강호를 떠도는 바람에……."

"이런, 그러셨군요."

태연한 척 고개를 끄덕였지만, 사실 염승완의 머릿속은 의문으로 가득했다. 도천존을 사부가 아닌 대협이라 부르는 것이 이상하게 여겨졌기 때문이었다.

한참 머리를 굴리던 염승완은 '무슨 사정이 있겠지'라고 생각하며 의문을 지웠다.

마침내 후원의 끝자락에 다다른 것이다.

"이곳부터는 금지(禁地)입니다."

"금지라니요?"

염승완은 대답 대신 웃음만 지을 뿐이었다.

강호의 대부분이 모르는 비사였지만, 과거 맹주의 어머니께서 정신이 오락가락하실 때가 있었다. 효심 지극한 맹주는 어머니를 후원에 모시고 극진히 모셨다.

그러한 사실을 알게 된 무림맹의 중진들은 곧바로 후원을 금지로 선포했다. 맹주는 곧 무림맹의 얼굴이니 사사로운 흠이라도 노출시킬 수 없었던 것이다.

"들어가 보십시오."

염승완이 재촉하자, 소량이 가볍게 목례해 보이고는 금지 안으로 걸음을 옮겼다.

후원의 끄트머리로 커다란 자두나무가 방벽을 이루고 있었는데, 그 틈으로 소로가 이어져 있는 것이 보였다. 그리로 걸어 들어가니 이내 따사로운 풍경이 펼쳐졌다.

가지를 넓게 퍼트린 아름드리나무 아래, 돗자리 하나가 깔려 있다. 그 나무를 중심으로 청경채니, 푸성귀니 하는 것들을 기르는 밭이 둥글게 자리해 있었다.

"아아!"

소량이 크게 감탄을 토해냈다.

무창에서 이와 같은 풍경을 본 적이 있었다.

'할머니의 밭이다.'

할머니는 아름드리나무가 멋들어지게 자리한 곳에는 꼭 돗자리를 깔아두었다. 그리고 여름이 되면 꼭 그곳으로 아이들을 데리고 나가 서과(西瓜:수박) 따위를 먹였다.

"나의 어머니께서 머무시던 곳이지."

그때, 소량의 뒤에서 청수한 목소리가 들려왔다.

소량이 황급히 뒤를 돌아보니, 문사복을 입은 중년인이 씀

쓸한 얼굴로 밭을 바라보는 것이 보였다.
 남궁세가의 대부인 진운혜와는 달리, 그의 얼굴에서 할머니를 찾기는 요원한 일이었다. 하지만 그 기세만큼은 할머니와 똑같았다. 무학이 아닌, 어떤 분위기 같은 것이 닮았다.
 진무극은 소량을 스쳐 지나가 아름드리나무로 향했다.
 "어머니께서 사라지고 난 뒤로 내가 직접 돌보았는데, 모두 상해 버리고 말았네. 어릴 적에 곧잘 기르곤 했는데… 피 묻은 손으로는 농사조차 어려운 모양이야."
 "진소량이 백부님을 뵙습니다."
 소량이 얼른 시립하여 장읍했다. 아름드리나무로 걸어가던 진무극이 흘끔 뒤를 돌아보고는 눈썹을 꿈틀거렸다.
 "백부라?"
 소량은 아무런 말 없이 고개를 숙일 뿐이었다.
 백부의 입장에서 보자면 자신과 형제들이 불청객처럼 느껴질 만도 하다. 어머니를 잃어버리고 칠 년 후, 없던 조카들이 갑자기 장성해서 나타난 셈이니 말이다.
 하지만 그렇다고 할머니를 부정할 생각은 없다. 할머니는 누가 뭐래도 자신의 할머니였다. 그 외의 결론은 소량 스스로가 받아들일 수 없었다.
 "어떤 일로 찾아왔는지 묻는 것이 순리겠지."
 진무극이 아름드리나무 아래의 돗자리에 털썩 주저앉았

다. 시골 농사꾼처럼 아무렇게나 주저앉은 모습이었으나 소량은 묘한 위압감을 느꼈다.

그가 앉은 곳이 돗자리가 아닌 권좌처럼 보일 정도였다.

"그래, 천애검협께서는 어쩐 일로 맹을 찾아주셨는가?"

천애검협이 방문하거든 때를 따지지 말고 데려오라는 명을 내렸다는 것을 생각해 보면, 왜 왔느냐는 말투는 참으로 어울리지 않는 것이었다.

소량은 조심스러운 얼굴로 대답했다.

"할머니의 행방을 여쭈러 왔습니다."

소량이 간곡한 어조로 말했다.

승조조차 할머니의 행방을 알아내지 못한 지금으로서는 무림맹의 정보를 얻는 것이 가장 중요했다.

"천애검협이 어찌 우리 어머니의 행방을 궁금해하는가?"

진무극의 눈썹이 또다시 꿈틀댔다.

"저의 조모님이시기 때문입니다."

"어머니께서 고아들을 거두셨다는 이야기는 들었네. 하지만 그분의 장남으로서 나는 아직 인정한 적이 없어. 조모? 그 말은 못 들은 것으로 하겠네."

진무극이 소량에게서 시선을 떼어 작물들을 바라보았다.

소량이 아랫입술을 질끈 깨물었다. 할머니와의 인연을 부정할 생각이 없는 이상 뻔뻔하게 나가야 한다고 몇 번이나 결

백부(伯父) 193

심했었지만, 이상하게도 가슴이 찌르르하게 아파왔다.
"죄송합니다, 백부님. 그 말씀은 따를 수 없습니다."
"따를 수 없다? 우리 진가가 그리 우스워 보이더냐?"
불현듯 진무극의 기세가 일어나더니, 소량의 전신을 뒤덮어 버렸다. 광포한 기세가 마치 태풍이 몰아치듯 끊임없이 소량에게로 쏟아졌다.
"어디서 굴러먹었는지도 모를 고아들을 받아들일 만큼 우리 진가가 우습게 보이던가! 어디서 감히 천한 핏줄인지도 모를 고아가 우리 진가의 피에 섞여들려 하느냐!"
소량이 괴로운 듯 눈을 질끈 감았다. 기세 때문이 아니었다. 이미 도천존과 검천존을 상대해 본 적이 있는 소량이었다. 진무극의 기세는 대단하긴 했지만 그들만은 못했다.
소량의 안색이 변한 것은 자신의 존재 자체가 부정당했기 때문이었다.
'진가의 피에 섞여들려 한다?'
할머니의 장남인 진무극에게 알게 모르게 친숙함을 가졌던 소량이었다. 얼굴도 보지 못했지만, 한 번도 가져보지 못한 집안 어른이 생겼다는 사실에 내심 설렘까지 느꼈었다.
할머니의 후손인 진무극이 이렇게 자신의 핏줄을 높이고 타인을 천시할 줄은 상상도 하지 못했었다.
'할머니의 후손이 타인을 천시한다고? 잠깐…….'

어두워졌던 소량의 얼굴이 조금씩 환하게 펴졌다.

"으음?"

이번엔 진무극이 놀란 표정을 지었다.

표정이 어둡기에 자신의 기세에 눌려 그런 줄 알았는데, 이제 보니 소량이라는 아이는 자신의 기세를 모조리 흘려내고 있었던 것이다.

'설마 아무렇지도 않단 말인가?'

내력을 더 뿜어내어도 마찬가지다. 천애검협의 얼굴은 편안하기만 할 뿐, 자신의 기세에 구애를 받지 않는 듯하다.

진무극도 물론 소량 본인도 몰랐지만 천하의 검천존도 소량을 보고 '나의 경지에 근접했다'고 감탄한 적이 있었다.

소량은 머지않아 삼천존의 경지에 오르리라 평가되는 무인, 즉 무림맹주 진무극이나 무당파의 검선(劍仙), 청성파의 일검자(日劍子) 등과 비슷한 경지에 올라 있었던 것이다.

진무극은 그 사실을 믿을 수 없었다.

'설마 하니 저 나이에 나와 동수를 이루었을 리가 있겠는가? 다만 이만한 기세를 버티는 것으로 보아 기재이긴 한 모양이다.'

더 이상 압박해 봐야 무의미한 짓.

진무극은 서서히 기세를 거둬들였다.

소량이 조그마한 목소리로 입을 열었다.

"이제 보니 시험을 하고 계셨군요."

"시험이라?"

진무극의 표정이 조금씩 변해갔다. 냉담하기 짝이 없던 얼굴에 조금씩 미소가 어리더니, 이내 큰 웃음으로 변해간다.

"하하하하!"

"하문하셨으니 대답 올리겠습니다, 백부님. 말씀하신 대로 저는 진가에 섞여들려 합니다. 할머니께서 가르쳐 주신 것을 온전히 따르고 있으니 저는 그분의 자손입니다. 할머니께서 사랑해 주신 만큼 그분을 사랑하고 있으니 그분의 자손입니다. 할머니의 후손이라면 응당 그분을 닮았을 터, 그러므로 백부님은 저의 백부님이십니다."

"핏줄이 닿지 않았더라도 말이냐?"

진무극이 장난스럽게 질문했다.

소량이 공손한 어조로 대답했다.

"삶이 핏줄로만 결정되는 것은 아닐 테지요. 그분은 저의 삶을 만들어주신 분입니다."

"하하하하!"

다시 한 번 진무극이 크게 웃음을 터뜨렸다.

"그래, 그렇구나. 나와 같은 것을 먹고, 나와 같은 것을 배우고, 나와 같은 것을 행하려 하니 과연 진가라 할 만하다."

만에 하나 소량이 주춤거렸으면 핏줄로 인정하지 않으려

했던 진무극이었다. 천애검협의 무공이 얼마나 뛰어나든, 그의 사람 됨됨이가 얼마나 뛰어나든 상관없는 일이었다.

선하고 뛰어나다는 이유만으로 가족으로 받아들일 수는 없는 노릇, 그가 달리 대답했더라면 차라리 의형제를 맺을지언정 진가라는 성씨는 허락하지 않았으리라.

하지만 그는 당당했다. 같은 분께 자라 같은 것을 배웠다 말하며, 그러므로 가족이라 말한다. 진무극은 비로소 소량과 자신 사이에 보이지 않는 끈이 있음을 실감했다.

"다시 한 번 소량이 백부님을 뵙습니다."

소량이 장읍하자 진무극이 흡족한 얼굴로 예를 받았다.

"오냐. 이리 와 앉아라."

"예, 백부님."

소량이 공손하게 앞으로 다가와 흙바닥에 무릎을 꿇고 앉았다. 진무극이 엄숙한 표정으로 말했다.

"남궁세가를 구해준 탓인지, 아니면 네 성품을 보았기 때문인지는 모르겠으나 운혜는 일찌감치 너를 인정했더구나. 하지만 다른 형제들은 달랐다. 운혜가 아무리 설득해도 직접 보고 판단하겠다 말했었지. 오늘 너를 보니 운혜의 말이 틀리지 않음을 알겠다. 그래, 다른 조카들은 어디에 있느냐?"

다른 무엇보다 동생들을 '조카'라고 불러준 것이 기뻤다.

소량이 환하게 웃으며 동생들에 대해 설명했다.

진무극은 승조가 금협이라는 별호를 얻었음에 감탄했고, 태승의 학문의 경지에 깊은 관심을 표했다.

유선이 창천존과 함께 천지이괴라 불린다는 소리에는 껄껄 웃음을 터뜨렸고, 당유회가 영화를 쫓아다닌다는 소리에는 고개를 가로젓는다.

"영화라는 아이의 미색이 고운가 보구나. 당가의 가주는 항상 제 손자가 눈이 높다고 한탄을 하곤 했었다."

"제 눈에는 어여쁜 아이입니다."

"하하하! 그래, 그렇겠지."

크게 웃은 진무극이 이번엔 자신의 형제들과 그 자식들에 대해 설명해 나갔다. 장남인 그는 일남일녀를 두었는데, 장남의 이름은 대산이고 차녀의 이름은 예운이라 했다.

둘 모두 소량보다 나이가 많았다.

누님은 출가하여 아미파 장문인이 되었으니 후사가 없고, 셋째인 진운룡(秦雲龍)은 진경운(秦瓊韻)이라는 외아들을 두었다. 남궁세가에 있는 생질(甥姪:누이의 아들)의 이름이 남궁현이라는 설명을 끝으로 진무극은 입을 다물었다.

곧 진무극과 소량 사이에 무거운 침묵이 내려앉았다. 이야기의 끝에서 둘 모두 진무신모 유월향을 떠올린 것이다.

"할머니의 행방은 아십니까?"

"나 역시 사천 쪽에서 모습을 비추신 적이 있다는 사실 외에는 아는 것이 없다."

진무극이 눈을 지그시 감고 말했다.

사사로이는 그의 어머니이지만, 크게 보자면 천하제일인인 진무신모였다. 어쩌면 무림 최후의 보루일지도 모를 그녀를 아무런 준비도 없이 보낼 수는 없는 노릇이다.

"맹의 비각(秘閣)을 동원했음은 물론, 아미파의 장문 사태이신 누님께서도 사천을 뒤지고 계시니 곧 좋은 소식이 있을 것이다."

백부님이 무언가 알고 계실 것이라는 희망으로 지난 강호행을 버텨왔던 소량의 얼굴이 어두워졌다.

"천애검협은 오직 독행할 뿐이라는 말을 들었다."

"예?"

"어머니의 행방을 알지 못하는 지금이다. 앞으로 어찌할 생각이냐? 홀로 사천에 가서 찾아보려느냐?"

소량이 생각에 잠긴 표정을 지었다.

"며칠 후 사천으로 현무당을 보낼 계획이다. 그들의 임무 중엔 진무신모의 행적을 추적하는 것도 있지. 현무당에게도 네게도 손해가 가는 제안은 아닐 터, 합류함이 어떠하냐?"

잠시 생각하던 소량이 고개를 끄덕였다. 아무래도 한 손보다는 두 손이 나은 법, 하물며 맹주이신 백부께서 하시는 일이니 할머니를 찾는 데에 큰 도움이 되리라.

"그리하겠습니다, 백부님."

"그동안에는 무림맹에 머무르면 되겠지."

말을 마친 진무극이 물끄러미 소량을 바라보았다. 사실 소량에게 부탁하고 싶은 것은 한두 가지가 아니었다.

천애검협이라는 명성에 걸맞은 무위를 지녔으니 그가 도와주기만 한다면 혈마곡과의 일전에 크게 도움이 될 터였다.

하지만 직접 만나보니 생각이 바뀐다.

무림맹의 맹주인 자신의 인정을 받았음에도 소량은 오로지 할머니의 안부만 물어올 뿐이다. 현무당과 동행하게 되었음에도 흥분보다는 오히려 꺼려하는 기색이 느껴진다.

저 나이라면 현무당과 함께 출두하여 공을 세우겠다는 야심을 가질 법도 한데 말이다.

진무극이 어두운 얼굴로 눈을 지그시 감았다.

'다른 이들은 권력욕에 취해 무림맹에 세작이 잠입했음조차 깨닫지 못하는데……'

사신당의 출맹을 기회로 삼아 세작들을 색출해 낼 계획이긴 하지만, 막상 무림맹의 인사들을 볼 때면 그것도 쉽지 않겠구나, 라는 생각이 절로 든다. 그런 이들만 보다가 소량을 보니 공연히 마음이 쓸쓸해졌다.

'무림맹과는 어울리지 않는 아이야.'

기재를 아끼는 마음 때문일까?

도움을 청하는 일은 좀 더 고심해 봐야겠다고 생각한 진무극이 소량을 불렀다.

"참, 당분간 나의 조카라는 사실은 숨겨야 할 것이다."

"그게 무슨 말씀이십니까?"

소량이 당황한 표정을 짓자 진무극이 헛웃음을 터뜨렸다.

"하하하! 욕심이 없는 놈이로다. 네 명성이 그토록 높은데, 이 백부에게 양보할 생각이냐?"

"명성에는 크게 관심이 없습니다."

진무극의 얼굴에 어린 미소가 더욱 짙어졌다.

"꼭 명성 때문만은 아니다. 현무당에게 부담을 지우고 싶지가 않구나. 너와 나의 관계가 밝혀지면 네가 현무당과 동행하는 일에 대해 말이 많을 거야."

정치와 권력에 대해서는 잘 알지 못했던 소량이 머뭇거리다가 고개를 숙였다. 일단 백부의 말이니 따르긴 따르겠지만 묘하게 아쉽고 섭섭한 마음이 들었다.

"말씀하신 대로 따르겠습니다."

"당분간이니 너무 괘념치 마라."

진무극이 소량의 어깨를 툭 치고는 금지 밖으로 걸어나갔다. 소량은 진무극의 뒤를 쫓다가, 물끄러미 뒤를 돌아보았다. 아름드리나무와 돗자리가 새삼 그립게 느껴졌다.

잠시 서성이던 소량이 이번엔 진무극을 돌아보았다.

새로이 백부가 생겼다는 사실 때문일까?

공연히 가슴에서 따스한 무언가가 피어올랐다.

2

서영권의 안색은 시커멓게 죽어 있었다.

본래 천애검협과 같은 귀인을 모시는 일은 접객당주나 부당주의 일이지, 자신과 같은 말단의 일이 아니다.

하지만 천애검협을 처음으로 안내했다는 이유로, 접객당주와 함께 무림맹의 후원에 서서 천애검협을 기다리는 처지가 되고 말았다. 생각만 해도 서글픈 일이었다.

'내가 왜 이런 곳에 있단 말이냐!'

서영권이 기가 죽은 얼굴로 주위를 둘러보았다.

천애검협이 방문했다는 사실은 눈 깜짝할 사이에 무림맹 전체로 퍼져 나갔다. 사람들은 그의 협의지심과 검기성강의 경지에 이르렀다는 무공을 두고 갑론을박을 벌였다.

협의지심 자체야 모두가 동의하는 바였지만, 무공에 대해서는 서로 의견이 달랐다. 진짜로 검기성강의 경지에 들었을 것이라는 의견과 말도 안 된다는 의견이 나뉘었던 것이다. 사실 이십대에 그만한 경지에 이르렀다는 말은 쉬이 믿기 어려운 것이었다.

하지만 그것은 차치하고라도 천애검협은 꼭 만나봐야 할 인물이었다.

그는 세력이 없이 독행하는 인물로, 그와 교분을 나누어 문파로 끌어들일 수만 있다면 득이 이만저만이 아니다.

지금 후원은 무림인들로 들끓고 있었다.

그중에는 이름만 대면 알 만한 무림명숙도 있었다.

'저분은 소림의 각원 대사가 아닌가!'

서영권이 크게 놀란 얼굴로 각원 대사를 바라보았다. 각원 대사는 꼿꼿하게 등을 세우고는 눈을 지그시 감고 있었다.

"선재로다, 선재야."

나전현에서 보았던 소량의 무위를 떠올린 각원 대사가 탄성을 토해냈다. 검강을 줄기줄기 뿜어대는 모습은 각원 대사로서도 찬탄을 금치 못할 정도였다.

그 이후의 행적은 또 어떠한가!

'아무리 삼천존과 함께라지만… 혈마곡의 삼백 마인을 상대했다지?'

이쯤 되면 장강의 뒷물결이 앞물결을 밀어낸다는 한탄조차도 나오지 않는다. 각원 대사의 무의식은 천애검협을 거의 동배의 무인으로 생각하고 있었다.

하지만 각원 대사의 표정은 마냥 밝지만은 않았다.

'다만 마음에 걸리는 것이 있다면, 천애검협에게는 기인의 풍모가 있다는 점이다.'

명예와 권력에는 관심이 없는 탈속한 면모가 오히려 그를 한 군데에 정착하지 못하게 하고 있었다.

무림맹이 그가 뿌리를 내릴 만한 토양이 되어줄 것인가, 아니면 그를 삼천존과 같은 기인처럼 홀쩍 떠나 버리게 만들 것인가는 하늘만 알고 있으리라.

"아미타불."

각원 대사가 길게 불호를 읊조렸다.

서영권은 이번엔 각원 대사의 옆을 흘끔거렸다.

'거기에 청허 진인까지! 헉! 그 옆은 청진 도장?'

청허 진인이야 그렇다 치더라도, 청진 도장까지 이런 곳에 모습을 드러낼 줄은 몰랐다. 청진 도장은 그 무학은 낮을지 몰라도 수양이 깊어 전 무림의 존경을 받는 도인으로, 이와 같은 자리에는 어울리지 않는 사람이었다.

청진 도장이 허허로운 태도로 말했다.

"도천존의 비급을 노리고 덤벼든 무인들이 수백이었습니다. 저 혼자였다면 절대 감당할 수 없었을 터, 천애검협이 일갈하지 않았더라면 크게 낭패를 보았을 것입니다."

청진 도장은 도천존의 비급을 노리고 태행마도를 추적하

던 수백 명의 무인들 틈에서 그야말로 악전고투를 벌였었다. 탐욕으로 얼룩진 무림인들 속에서 천애검협이 외치던 소리가 잊히지가 않는다.

"욕심이 눈을 가리고 있으니, 땅을 딛고 있음에도 감사할 줄 모른다! 하늘이 내려다보고 있음에도 올려다볼 생각을 하지 않는다! 태어난 것을 사랑하기는커녕, 스스로의 목숨조차 하찮게 보는구나! 당신들이… 당신들이 무인인가? 당신들이 강호인가!"

청진 도장이 감회에 젖은 얼굴로 중얼거렸다.
"그때에는 어찌나 부끄럽던지……."
"그런 사람이라면 저기도 있지. 천애검협은 저기 있는 각원 대사에게 무슨 자격으로 나서느냐고 일갈한 바 있네."
청허 진인이 재미있다는 표정으로 각원 대사를 가리켰다.
각원 대사가 눈을 지그시 감은 채 얼굴을 붉혔다. 소림사에 피해가 갈까 봐 백성들의 발고를 무시했던 자신의 졸렬함이 새삼스레 부끄러워진 것이다.
"그런 말을 들을 만했지. 아미타불."
각원 대사의 말에 청진 도장이 쓴웃음을 지었다. 지금은 장난스럽게 각원 대사를 놀리고 있었지만, 청허 사형 역시 가슴을 쥐어뜯으며 자책을 했었다.

귀 기울여 듣던 서영권이 눈을 가늘게 뜨며 생각했다.

'오오, 천애검협. 대단하다, 대단하다 말은 들었지만 무림의 명숙들을 꾸중할 정도인 줄은 몰랐다.'

서영권이 그렇게 생각할 때였다.

금지에서 무림맹주 진무극이 걸어나왔다. 수많은 무인들이 읍하여 예를 표했지만 진무극은 귀찮다는 듯 손사래를 치고는 창천검전으로 성큼성큼 걸음을 옮길 뿐이었다.

그 뒤로, 천애검협 소량이 모습을 드러냈다.

희미하게 미소를 지으며 걸어나오던 소량은 금지 밖에 바글거리는 사람들을 보며 멈칫했다.

"어, 이건……."

천애검협의 협명이 이토록 강호를 진동하고 있음에도 정작 소량은 그것이 얼마나 대단한 일인지를 알지 못했다.

무림인들과의 교분을 피하고 홀로 강호를 떠돌았으니 어쩔 수 없는 일이다. 사실 소량이 무림인들 앞에 모습을 드러낸 것은 이번이 처음이나 마찬가지였다.

"반년 만이오, 진 대협!"

각원 대사가 찾아와 소량을 보며 환하게 웃었다.

"각원 대사를 뵙습니다."

소량이 길게 읍하여 인사를 했다.

그 뒤에 있는 청허 진인과도 인사를 나눈 소량이 청진 도장을 바라보며 머쓱한 얼굴로 뒷머리를 긁적였다.

"오랜만에 뵙습니다, 청진 도장. 그때는 제가 미뤄놓고 도망을 쳤었지요?"

"하하하! 알고는 계셨구려! 사실 뒷수습을 하느라 얼마나 고생을 했는지 모른다오."

청진 도장이 껄껄 웃음을 터뜨렸다.

천애검협이 소림과 무당의 장로들과 대화를 나누자 다른 문파의 사람들은 감히 끼어들지 못했다. 무례를 감수하고 끼어들자니 대화를 나누는 이들의 배분이 너무 높다.

사람들이 주춤한 틈을 타, 어느 여인이 쏙 끼어들었다.

"진 대협!"

"오랜만이오, 제갈 소저."

소량이 밝은 얼굴로 정중하게 장읍했다. 무례를 감수하고 끼어든 여인은 다름 아닌 제갈영영이었던 것이다.

"오랜만에 뵈어요, 진 대협."

제갈영영이 살포시 미소를 지으며 응대했다.

그 모습이 귀엽게 느껴져 소량의 얼굴에도 미소가 어렸다.

"생각해 보니 감사 인사도 제대로 못했구려. 고맙소, 제갈 소저. 그때에 해주신 말씀이 많은 도움이 되었다오."

"어, 그때에 제가 뭐라고 했었지요……?"

소량과 나눈 대화를 전부 잡담이라고만 생각했던 제갈영영이 잠시 예전에 했던 이야기를 되새겨 보기 시작했다.

"춘부장과 자당의 일화를 말씀해 주셨지요."

"아! 그 이야기 말이구나! 그게 도움이 되었나요?"

"소저의 생각보다 많이."

소량이 진지한 얼굴로 고개를 끄덕였다.

"에이, 거짓말."

제갈영영은 그 말을 믿지 않았다. 고작 아버지의 하소연 정도로 고민이 풀린다면 아버지의 성장일화를 듣는 순간 칠정오욕을 몽땅 버리고 우화등선해 버릴 것이 분명하다.

"농이 아니오."

"확실히 표정이 밝아지긴 했지만……."

우중충하기 짝이 없던 예전에 비하면 천애검협의 표정은 많이 밝아져 있었다. 이제는 더 이상 웃으라고 권할 필요도 없을 정도였다.

그때의 기억을 떠올리니 괜히 짓궂은 기분이 든다.

"혹시 기억나세요? 그때 기루에 다녀와서……."

"소저, 그것은 소저의 오해라오."

소량이 붉어진 얼굴로 손을 휘저었다. 사내가 기루에 다니는 것이 흠이 되는 세상은 아니지만, 아무리 그래도 여인의 입으로 듣기에는 난감한 이야기였다.

"그때는 반선 어르신, 그러니까 검천존 경 대협께서 숙소가 없다며 기루를 잡으신 것이오. 기왕 왔으니 풍류를 즐기라고 하셨지만 도통 내키지 않아 그냥 나오던 참이었소."

사실 제갈영영도 기루에서 아무런 일이 없었다는 것을 알고 있었다. 소량과 헤어진 다음 날, 염가라는 사람이 찾아와 그간 빼앗아 온 재산을 백성들에게 돌려주었던 것이다.

염가에게서 돈을 돌려받은 월향이라는 기녀는 '머리로 신발을 만들어 보은하지 못한 것이 부끄럽다'며 천애검협과 있었던 대화를 세간에 알렸다.

"킥킥."

하지만 제갈영영은 소량의 변명을 굳이 가로막지 않았다. 소량이 민망해하는 것이 어째서인지 재미있었던 것이다.

쭈뼛거리며 눈치만 보던 서영권은 대화가 소강상태에 접어든 이때가 바로 끼어들 때라고 생각했다.

"진 대협, 저는 접객당의 서영권……."

"험, 험. 영영아. 이 오라비도 좀 소개해다오."

그때, 뒤쪽에 서 있던 제갈현중이 멋쩍은 듯 헛기침을 내뱉었다. 서영권은 재빨리 입을 다물었다.

'씨벌! 제갈세가의 소가주의 말을 끊어먹을 뻔했구나!'

깜짝 놀란 서영권은 양손을 모으고 얌전히 서서 고개를 숙였다. 제갈영영이 그런 서영권을 보고 싱긋 웃고는, 제갈현중을 가리키며 입을 열었다.

"아, 참! 이분은 우리 오라버니세요. 성함으로는 현 자, 중 자를 쓰시고요."

"본인은 제갈세가의 소가주로, 이름은 현중이라 하오."

소량은 그만 크게 당황하고 말았다. 주변에 사람이 워낙에 많다 보니, 먼저 물었어야 할 것을 그냥 넘어가고 말았다.

"결례했습니다. 진가 사람 소량입니다."

"하하! 이미 알고 있소이다. 천애검협의 명성이 이처럼 자자한데 어찌 모를 수가 있겠소."

제갈현중이 껄껄 웃으며 말하자, 소량이 민망한 듯 고개를 숙였다. 천애검협이라는 별호는 아무리 들어도 도통 적응이 되지 않는 별호였다.

제갈현중은 만나서 반갑다고 말하려다가, 뒤쪽에서 느껴지는 시선에 쓴웃음을 지으며 고개를 돌렸다. 등 뒤에 모용단천, 팽운양 등이 불편한 표정으로 서 있었던 것이다.

"뒤에 계신 소협은 모용가의 직계 후손으로, 이름은 단천이라 하오. 그 옆은 마찬가지로 팽가의 직계 후손인 팽운양 소협이오."

"만나서 반갑소. 진가 사람 소량이오."

소량이 정중하게 장읍하자, 모용단천과 팽운양 등도 마주 장읍했다. 그리고 다시 고개를 드는데, 모용단천의 표정이 심상치가 않다.

'정말로 소문 자자한 천애검협인가?'

본래 고수일수록 그만한 풍모를 보이게 마련이다.

하지만 지금 천애검협의 모습은 무공이라고는 하나도 모르는 범인과 같다.

'이십대에 검강을 뿜어내는 고수라 들었다. 비록 검천존 노선배의 도움이 있었다 하지만 삼백 무인을 상대로도 승리를 거둬낸 고수라 들었다. 그런데 어찌……'

이제 갓 검기상인의 경지에 든 모용단천과 달리, 소량은 이미 까마득히 높은 경지에 올라 있었다. 고작 모용단천의 경지로는 소량의 무공 수위를 알아보는 것조차 불가능했다.

'강호의 소문은 팔 할이 거짓이라더니, 과연 그렇구나.'

모용단천은 천애검협의 무공 수위만큼은 잘못 알려진 것이 분명하다 생각했다. 주위에서 들려오는 소리도 천애검협의 협의지심에 대한 찬탄이지, 무공에 대한 찬탄이 아니다.

'만약 그렇다면 운이 참 좋은 사람인 셈이다. 물론 더 알아봐야겠지만… 같은 자리에 내가 있었더라면 저보다 더한 명성을 얻었을지도 모른다.'

모용단천은 그의 운에 부러움을 느끼며 말했다.

"모용세가의 단천이오."

"팽가의 운양이오. 참으로 대단하시오. 협기 하나만으로도 이렇게나 큰 명성을 쌓을 수 있을 줄은 몰랐소이다."

팽운양 역시 같은 생각을 한 모양이었다. 무공에 대한 언급은 하나도 없이 협기만 거론하는 것을 보면 말이다.

제갈영영은 못마땅한 얼굴로 모용단천과 팽운양을 흘겨보고는, 공연히 콧방귀를 뀌며 소량을 돌아보았다.

"아직 식전이지요, 진 대협?"

"물론 그렇소만……."

"그럼 함께 식사할래요?"

제갈영영이 밝게 웃으며 말했다.

한편 각원 대사와 청허 진인, 청진 도장은 은근슬쩍 서로를 바라보고 있었다. 천애검협과 제갈가의 여식을 보니 어쩐지 얼굴만 안 사이 같지는 않다.

청허 진인이 눈을 가늘게 떴다.

"뭐하는가, 천애검협? 가서 식사나 하지 않고."

청허 진인이 친근하게 소량의 어깨를 치며 말했다. 그의 표정에는 반선과 비슷한 미소가 어려 있었다.

"아미타불. 아직은 천애검협과 나누어야 할 대화가……."

"우리 늙다리들은 빠지세. 앞으로는 저들의 강호가 아닌가? 저들도 저들 나름대로의 교분이 있어야지."

청허 진인이 공연히 눈짓을 해 보였다.

젊은 날을 꼬박 소림에서 보낸 끝에 남녀의 정은 잘 모르는 각원 대사는 그 의미를 '그렇지 않아도 무림인과 친분이 없는 천애검협이니, 또래를 만난 이 기회에 교분을 나누게 해보자'라는 것으로 받아들였다.

각원 대사가 실소를 짓고는 말했다.

"하긴, 자네의 말이 옳네. 시장할 터인데 가서 허기를 면하시구려, 천애검협. 무림맹의 숙수는 한때 황궁에서 일한 적이 있는 고인(高人)이라오. 내 비록 고기 맛은 잘 모르지만, 요리 냄새를 맡다 보면 담벼락을 넘어 뛰어들고 싶을 때가 있지요."

각원 대사가 어울리지도 않는 농을 건넸다.

소량은 여전히 정신을 차릴 수가 없었다. 이렇게 많은 사람들이 추앙의 시선으로 보고 있다는 것도 부담스러웠고, 여기저기서 대화를 시도하는 것도 민망하기만 하던 참이다.

도망치고만 싶었던 소량이 얼른 고개를 끄덕였다.

"초대해 주시니 감사할 따름이오, 제갈 소저."

"그럼… 이분이 안내해 주실 거예요! 그렇지요, 서 대협?"

명숙들의 대화에 감히 끼어들지 못하고 어쩔 줄을 모르고 서 있던 서영권은 큰 감동을 맛보았다.

자신이 어떤 상황인지 알아차리고 이렇게 친절하게 손을 건네다니, 선녀와 같은 아가씨가 아닐 수 없다.

심지어 이름까지 기억해 주다니…….

백부(伯父) 213

'삼대가 복 받을 겁니다, 제갈 아가씨!'
서영권이 눈물까지 그렁그렁 맺힌 눈으로 소량에게 읍해 보였다. 마침내 맡은바 임무를 다할 수 있게 된 것이다.
"접객당의 서영권입니다. 길을 안내하겠습니다, 대협."
"예, 감사합니다."
소량이 마주 읍을 해 보였다.

第八章
명예

1

서영권과 접객당주 염승완은 귀빈들을 접대하는 청화루(淸和樓)로 일행을 안내했다. 청화루는 창천검전의 동쪽에 있는 호수에 자리한 전각으로, 운치가 뛰어나 풍류를 아는 사람이라면 몇 번이고 다시 찾게 되는 곳이었다.

모용단천은 팽운양과 소량은 제갈영영과 함께 담소를 나누며 걸음을 옮겼다. 모용단천과 팽운양은 도대체 뭐가 그리 신경 쓰이는지 연신 소량을 돌아보고 있었다.

"또 표정이 안 좋네요."

걸음을 옮기던 제갈영영이 눈을 가늘게 뜨고 소량을 올려다보며 말했다. 소량이 쓴웃음을 지으며 대답했다.

"사실 조금은 부담스럽소."

"뭐가 부담스러운가요?"

"이 모든 것이."

소량이 씁쓸한 듯 미소를 지어 보였다. 무학을 익혔다고는 하지만, 사실 그 본질은 무창의 목공에 불과한 자신이다.

운이 좋아 사람들을 도울 수 있었지만 그것으로 이와 같은 거창한 환대를 받겠다는 생각은 조금도 없었다.

지금의 일은 소량에게 소란 이상도 이하도 아니었다.

"천애검협이라는 명성이 있으니 어쩔 수 없지요."

"그런 명성 따위는 조금도 원한 바가 없소."

명성을 원해서 강호에 뛰어든 것이 아니었다. 가족들을 되찾기 위해 강호에 뛰어든 것이었다.

천애검협이라는 명성을 세상에 돌려주고 예전의 평화를 찾을 수만 있다면 진작에 그리했을 것이다.

제갈영영이 특이하다는 시선으로 소량을 바라보았다.

"호랑이는 죽어서 가죽을 남기지만, 사람은 죽어서 이름을 남기는 법. 강호에 든 이라면 누구든지 진 대협을 부러워할 텐데, 정작 본인은 필요없다는 듯 한숨을 내쉬고 있군요."

소량이 고개를 끄덕였다. 제갈영영의 말대로, 누군가에게는 그토록 바라 마지않는 것이 자신에게는 무거운 짐에 불과하다. 문득 세상이 참 역설적이라는 생각이 들었다.

"하지만 이미 명성을 얻었으니, 진 대협은 그에 책임져야 할 거예요."

"책임을 져야 한다?"

"본래 명성을 얻으면 시기하는 이도 생겨나는 법이에요. 그것이 한 사람에 대한 시기로만 끝나면 좋은데, 때때로 주변 사람들까지 거론되곤 하지요. 거기에 무릎을 꿇는 것은 자기 자신뿐 아니라 자신을 아는 모든 이들을 무릎 꿇게 하는 일이 될 수도 있어요."

소량이 생각에 잠긴 표정으로 고개를 끄덕였다. 제갈영영의 말에 공감이 가는 바가 있었던 것이다.

원치 않게 얻은 명성 때문에 주변 사람들까지 욕을 먹는다면 참으로 억울한 일이 아닐 수 없다.

"소저는 참으로 영특하시구려."

"아, 사실은 우리 오빠가 해준 말이에요."

제갈영영이 뒤를 흘끔 가리켰다. 그들의 뒤에는 제갈현중이 느긋하게 뒷짐을 지고 걸음을 옮기고 있었다.

"다 왔군요!"

제갈영영이 청화루를 가리키며 말했다.

소량은 작게 감탄하며 청화루의 모습을 바라보았다. 노을이 은은하게 진 호수는 마치 하늘과 맞닿아 있는 듯 보이고,

가장자리에 자리한 정자는 마치 떠 있는 것처럼 보인다.

'무림맹에 와서 놀라지 않은 적이 없는 듯하다.'

소량이 감탄하는 사이, 서영권이 다가와 정중하게 말했다.

"자리에 오르시지요, 진 대협."

"안내에 감사드립니다. 서영권 대협이라 하셨지요?"

"아이구, 대협이라는 말은 당치도 않습니다. 그저 수생검이라 부르시면 족합니다."

서영권이 입이 찢어져라 웃으며 말하였다.

소량의 등장을 몹시 부담스러워하던 그였지만, 대협이라 칭해주니 입이 절로 벌어진다.

고수면 고수일수록 무림맹의 접객당을 점소이쯤으로 여기는 나쁜 풍조가 있는데, 과연 천애검협은 다르다.

'이와 같은 사람이 강호에 많아야 하는데.'

그러면 접객당의 위치도 좀 올라갈 것이다.

서영권이 흡족하게 웃으며 자리를 권하자, 소량이 다시 한 번 목례를 해 보이고는 자리에 앉았다. 서영권이 자리를 안내하기도 전에 제갈영영이 소량의 옆자리에 앉았다.

"아영!"

대뜸 외간남자의 옆자리에 앉는 모습에 제갈현중이 꾸중하듯 그녀를 불렀다. 서영권이 얼른 손사래를 치며 말했다.

"맞는 자리에 앉으신 것입니다. 이 자리는 제갈 아가씨와

진 대협의 친분으로 인해 이루어진 자리가 아닙니까?"

"험, 험."

제갈현중이 헛기침을 내뱉고는 제갈영영의 옆자리에 앉았다. 맞은편으로 모용단천과 팽운양이 자리를 잡았다.

모용단천과 팽운양은 소량의 옷차림을 보고는 남몰래 혀를 두어 번 찼다. 다음 세대의 무림을 이끌어갈 후기지수들의 모임에는 도무지 어울리지 않는 차림이었다.

'천애검협의 명성이 드높다고는 하나, 무림맹이 너무 호들갑을 떠는 감이 있구나. 아무리 그래도 이십대의 후기지수에 불과한데, 어찌 문파마다 사람을 보낸단 말인가.'

조금 전에 있었던 소란을 떠올린 모용단천이 다시 한 번 소량을 흘끔거렸다. 량채(涼菜)가 나오는 동안에도 모용단천의 시선은 소량에게서 떠나지 않았다.

"당금 강호 제일의 신비인과 이리 식사를 하게 될 줄은 몰랐소이다. 전 강호가 진 대협의 출신을 궁금해하고 있을 것이니, 내 여쭙지 않을 수 없구려. 무창 출신이라는 것은 알고 있으나, 어떤 곳에서 어린 시절을 보내셨는지……?"

모용단천이 미심쩍은 어조로 질문을 던졌다.

"아아, 본래 무창의 목공이오."

당초황과(糖醋黃瓜)를 몇 점 집어먹던 소량이 은은하게 웃으며 답했다. 모용단천의 얼굴이 또다시 구겨졌다.

'목공이라? 직업 참 너절하구나.'

그간의 경험상, 그런 너절한 직업을 가진 사람과는 대화가 잘 통하지 않는다.

사서삼경을 읊어줘도 글자도 깨치지 못한 그들은 뭔 소리인지도 모르고 중언부언만 거듭할 뿐이다.

모용단천은 '천애검협은 비록 고수일지는 모르지만 역시 이 자리에는 어울리지 않는다' 라고 생각했다. 당금 강호에 천애검협의 명성이 진동하고 있지만 그 무공 수위는 부풀려진 것인 듯하며, 출신은 무창의 목공에 불과한 것이다.

천애검협의 소문에 질시까지 느꼈던 자신이 공연히 멍청하게 느껴진다.

"본래 목공이셨구려. 그래, 장(欌:장롱)을 깎아 파셨던 게요?"

"장은 본래 가격이 비싸고 한 번 구매하면 오래 쓰는 까닭에 몇 번 깎아보지 못했소. 주로 객잔이나 다점의 의자를 깎았소이다."

소량이 담백한 어조로 말했다.

"허어, 의자를 깎아 생계를 꾸릴 수도 있소?"

"대가에 납품하는 경우가 있어 풀칠은 하고 살았다오."

"풀칠은 했다니 그나마 다행이구려!"

모용단천 대신, 팽운양이 허탈한 어조로 탄식을 토해냈다.

대가에 납품했다고 말하며 기쁜 듯 웃는 것을 보니 아마 가난뱅이였던 모양이다. 그런 자가 무학은 어찌 익혀서 이 자리까지 올라왔는지 이해가 가지 않는다.

소량의 표정이 슬슬 굳어갔다. 그저 질문에 대답을 했을 뿐인데, 상대는 오히려 실망한 모습이다. 부잣집 도련님을 처음 보는 것도 아닌지라 소량은 금방 상황을 이해했다.

'애먼 곳에 끌려와 고생을 하게 생겼군.'

소량의 표정이 굳어지자 제갈현중이 얼른 나섰다.

"나는 오히려 절로 감탄이 나오는구려. 무창의 목공으로서 그만한 무학을 익혔다니, 놀라지 않을 수가 없소. 거기에 백성들의 아픔을 제 것처럼 여기는 협의지심이라!"

"그저 몇 수의 무공을 익혔을 뿐입니다. 그리고 협의지심이랄 것까지는······."

아직까지도 태허일기공의 사단공까지밖에 수습하지 못한 소량이었다. 칠단공까지 수습할 길은 요원하기만 하다.

게다가 협의지심이라니?

들어도 들어도 민망하기만 할 뿐이다.

"너무 겸손하시구려. 진 대협의 일화를 듣고 가슴이 뜨거워지지 않은 무인이 없었을 터인데."

민망해진 소량이 멋쩍게 고개를 숙였다.

유협 주가는 다른 사람의 위급함을 해결해 주고도 덕을 자랑하지 않았으며 오히려 칭송하는 자리를 두려워해 도망치기는 경우가 많았다고 한다.

그런 면에서만큼은 확실히 주가를 닮은 소량이었다.

"협의지심만큼은 인정받아야 마땅하겠지."

모용단천이 고개를 두어 번 끄덕이며 말했다. 그 무위는 부풀려진 것이 분명하지만, 협의지심만큼은 진짜일 터였다. 그게 아니라면 강호 전체가 속은 것이 될 테니까.

모용단천은 의자 깊숙이 몸을 기대고는 느긋하게 웃었다.

모용단천에게 있어서 더 이상 천애검협은 강호를 떨쳐 울리는 영웅이 아니었다.

그저 개천에서 난 용에 불과했다.

그리고 그가 용이라면 자신은 하늘이다.

작금의 명성을 이용해 일가를 이루게 되면 천애검협도 오대세가가 얼마나 위대한지 깨닫게 될 것이다.

제갈현중의 표정이 딱딱하게 굳어갔다.

'질시하는 마음은 이해하지만, 방자함이 지나치구나.'

반면, 제갈영영의 얼굴은 창백하게 질려 있었다. 그저 예전의 인연이 반가워 초대한 것인데 천애검협에게 수모만 잔뜩 당하게 만들고 말았다.

머리야 뛰어나다지만 강호 경험이 적었던 제갈영영은 어떻게든 화제를 돌리기 위해 요리 이야기를 꺼냈다.

"각원 대사님께서 담을 뛰어넘고 싶을 지경이었다고 말씀하시더니, 정말로 숙수의 솜씨가 뛰어나군요!"

하지만 그것은 상황에 어울리지 않는 말이었다. 천애검협의 이야기를 하고 있는데 갑자기 요리를 화제로 삼으니 어울릴 리가 없는 것이다.

제갈영영이 향고유채(香菇油菜)를 집으며 더듬거렸다.

"표, 표고버섯도 싱싱하고."

"나도 한 번 먹어봐야겠소."

소량이 실소를 지었다. 어찌 소량이라고 제갈영영의 마음을 모르겠는가? 난감한 상황을 어떻게든 무마하려는 모습이 고맙기도 하고 귀엽기도 하다.

"이것도 드셔보세요. 이건 삼배계(三杯鷄)인데… 우와, 정말로 숙수가 뛰어나군요? 해남도의 요리까지 내오다니."

무슨 요리인지도 모르고 소량에게 권했던 제갈영영이 다시 한 번 감탄을 토해냈다. 설마 하니 호광에서 해남의 요리를 맛보게 될 줄은 몰랐던 것이다.

량채가 치워지고 열채가 나올 때까지 대화만 열심히 듣고 있었던 제갈영영이 뒤늦게 식탁을 한차례 둘러보았다.

강남, 강북 나눌 것 없이 각 지방의 열채가 늘어서 있다.

"사천 요리도 있네요."

매운 음식을 좋아하는 제갈영영이 입맛을 다셨다. 사천요리를 한 번도 먹어본 적이 없는 소량이 고개를 갸웃했다.

"사천요리라? 맵지 않소?"

"호남 사람이 매운 것을 두려워하지 않는다 말하면 사천 사람은 맵지 않은 것을 두려워한다고 응수한다고 하지요. 분명히 맵긴 하지만 맛있어요."

제갈영영이 그렇게 말하자, 모용단천이 느긋한 얼굴로 마의상수(馬蟻上樹)가 담긴 그릇을 밀었다.

"고작 목공이었다니 귀한 음식을 먹어볼 기회가 별로 없었겠지. 한 번 드셔보시오. 쇠고기를 다져 면과 함께 볶은 것인데, 고추기름이 들어가 맵싸하기 짝이 없다오."

모용단천의 말이 재미있는 농담이라고 생각한 팽운양이 껄껄 웃음을 터뜨렸다. 하긴, 무창의 목공이 언제 이런 것을 먹어보았겠는가! 생각해 보면 이 기회에 견문을 넓혀주는 것도 나쁘지 않은 일일 것이다.

"이것도 드셔보시오. 이건 궁보계정인데, 화초(花椒:산초나무 열매의 껍질)를 섞어 풍미가 독특하지요. 청빈하게 사신 듯하니, 언제 이런 걸 드셔보셨겠소이까?"

'너는 이 자리에 어울리지 않는 사람'이라고 말하는 듯한 그들의 태도에 소량의 표정이 굳어졌다.

마치 그것을 기다렸다는 듯, 모용단천이 기세를 피워 올렸다. 천애검협의 무위를 직접 확인해 보고 싶었던 것이다.

'하룻강아지가 호랑이 무서운 줄 모른다는 말이 있지. 어디, 누가 호랑이고 누가 하룻강아지인지 견줘봅시다, 천애검협.'

자신이 하룻강아지일 것이라고는 상상도 하지 못했던 모용단천이 희미한 미소를 지었다.

하지만 아무리 기세를 피워봐야, 삼천존의 경지에 근접한 소량이 보기엔 우스울 뿐이었다. 소량은 '덩치만 커다란 어린아이 같구나'라고 생각하고는 씁쓸한 미소를 지었다.

과거, 무슨 일을 해도 쉽게 성공했던 승조도 저렇게 건방지게 굴다가 할머니께 크게 꾸중을 들었었다. 나이를 먹을 대로 먹어놓고 저렇게 철없이 구는 것이 이상하긴 하지만, 부잣집 도련님들이 철이 없는 것은 어제 오늘 일이 아니다.

저들도 저들을 훈육해 줄 어른들이 있을 터, 소량은 그냥 젓가락을 내려놓았다.

"친절하게 대해주신 점, 감사하기 짝이 없는 일이지만 속이 좋지 않으니 먼저 일어나겠습니다."

"저, 정말 그리하시겠습니까?"

옆에서 조마조마한 심정으로 지켜보던 서영권이 잘됐다는 듯 말했다. 이러다가 모욕을 참지 못한 소량이 뒤집어엎지나 않을까 하는 걱정에 심장이 쫄깃해졌던 서영권은 '차라리 잘 되었다'고 중얼거리며 얼른 길을 안내했다.

"천룡각(天龍閣)에 숙소를 마련해 두었습니다, 대협."

"어, 서 대협. 괜찮으시면 제가 안내할게요."

제갈영영이 자리에서 일어나며 말했다.

서영권이 당황한 얼굴로 눈을 끔뻑였다.

'나도 그랬으면 하는 마음이 굴뚝같다오, 제갈 아가씨. 하지만 우리 접객당주가 꼬장꼬장하다 보니……'

서영권이 흘끔 접객당주 염승완을 돌아보았다.

염승완이 생각에 잠긴 표정으로 고개를 끄덕이고는, 전음성까지 소용해 은밀하게 말했다.

[제갈 소저께서 천애검협께 사죄를 청할 생각인 모양이야. 제갈세가의 소가주께서도 허락하는 듯하니 그리하도록 하세. 자네도 좀 들어가 쉬고.]

염승완이 말한 대로였다.

금지옥엽 여동생을 외간남자와 함께 보내는 셈이었지만, 제갈현중은 '아영이 호의로 벌인 일 때문에 천애검협이 낭패를 보았으니 어쩔 수 없다'고 생각하고 있었다.

'일찍 들어가라? 불감청이언정 고소원이오, 당주!'

서영권의 표정이 확 밝아졌다. 그렇지 않아도 피곤한 일이 너무 많이 생겼던 하루였다. 숙소로 돌아가면 수하들을 불러 독주로 이 피곤함을 씻어낼 생각이었다.

염승완이 그런 서영권을 보고 실소를 짓고는 제갈영영에

게로 시선을 돌렸다.

"그럼 제갈 소저께 맡기겠습니다. 천룡각 앞에서 기다리고 있을 터이니, 기왕이면 저 대신 무림맹도 좀 안내해 주시구려."

"그렇게 할게요, 염 당주."

호의로서 초대한 자리가 엉망진창이 되어버린 까닭에 제갈영영의 표정은 시무룩하기만 했다. 얼굴이 굳어져 있던 소량은 그 시무룩한 얼굴을 보고 나서야 웃음을 지었다.

"이쪽으로 가면 돼요······."

풀이 죽은 제갈영영이 길을 안내했다. 소량이 제갈현중과 모용단천, 팽운양에게 읍해 보이고는 그녀의 뒤를 쫓았다.

소량과 제갈영영이 사라지자 제갈현중이 엄히 말했다.

"자네, 너무 무례했네."

"으음, 태도가 과하게 느껴졌습니까?"

심각하게 말하는 척하지만, 모용단천의 얼굴은 웃음기로 가득했다. 제갈현중의 눈에 노기가 어리기 시작했다.

"비록 천하를 떠돌며 협명을 쌓긴 했지만, 아직 진 대협께서는 강호의 생리를 잘 모르는 듯 보였습니다. 그런 면에서는 오히려 우리가 더 선배라고 할 수 있는 바, 형님께서는 이 우제를 너무 탓하지 마십시오."

"이거나 먹어보라고 조롱하는 것이 선배로서 행한 일이라

고 말하는 것인가?'

"그것은 호의로서 행한 일이 아닙니까?"

모용단천이 말하자 제갈현중이 눈을 질끈 감았다.

모용단천은 아직도 자신이 자신의 것이 아닌 배경만을 믿고 있다는 사실을 모르고 있다. 가문에서 최고로 키워졌다고 해서 강호에서까지 최고인 것은 아니라는 것도 모르고 있다.

'오만하구나, 오만해!'

제갈현중이 길게 한탄을 토해냈다.

2

노을이 사라지고 어느새 어둠이 내려앉았다. 달빛이 밝아 어딘지 고즈넉한 느낌을 주는 저녁이었다. 소량은 달빛을 바라보다 말고 눈을 지그시 감았다.

동가식서가숙하며 강호를 떠돌다 보니 이렇게 무림맹까지 오게 되었다. 무림인들 앞에 이렇게 전면적으로 모습을 드러낸 것은 처음이라 아직도 얼떨떨한 기분이 들었다.

한편, 풀이 죽어서 걸어가던 제갈영영은 이제 콧김을 씩씩대고 있었다. 본래부터 모용단천과 팽운양을 마음에 들어하지 않던 그녀였다.

"화가 나신 모양이로구려."

"흥! 화를 내야 할 사람이 화를 내지 않으니 어쩔 수 없지요. 아까 제가 미리 말했잖아요, 그건 모용 소협의 성격을 대충이나마 짐작했기에 한 경고라고요, 경고."

"신경 써주시니 그저 고마울 뿐이오."

"차라리 화를 내지 그랬어요?"

앞서 걸어가던 제갈영영이 몸을 휙 돌리고는 말했다. 치맛자락이 펄럭이자 소량이 민망한 듯 고개를 돌렸다.

"요리를 권하는 이에게 화를 내는 법도 있소?"

"농담하지 말아요."

소량이 재미있다는 듯 말하자, 제갈영영이 눈을 가늘게 뜨고 따지는 듯한 표정을 지었다.

"알았소, 농담은 하지 않으리다."

소량이 웃으며 손사래를 치니 화를 낼 기운도 사라진다. 제갈영영은 애써 표독스러운 표정을 지어보려다가 이내 어쩔 수 없다는 듯 한숨을 내쉬었다.

잠시 두 남녀 사이로 침묵이 감돌았다. 소량은 담담한 표정으로 걸음을 옮길 뿐이었고, 제갈영영은 입술을 비죽댔다 말았다 하며 공연히 손가락만 꼼지락거릴 뿐이었다.

하지만 기이하게도 둘 다 편안함을 느꼈다.

사실 아까 전부터 그랬다. 이번이 두 번째 만남인데 소량과 제갈영영은 서로를 예전부터 알아온 것인 양 편하게 대화를 나누고 있었다. 예의를 깍듯하게 지키는 소량의 평소 모습을 생각해 보면 참으로 기이한 일이었다.

"그러고 보니 여기는 참 오랜만이에요."

소량이 그게 무슨 소리냐는 듯 제갈영영을 돌아보았다. 호숫가를 걸어가던 제갈영영이 호수 한가운데에 떠 있는 작은 섬을 가리켰다. 그 위로 도화나무가 자라나 있었다.

"어린 시절에 무림맹에 와본 적이 있어요. 그때 저 나무를 발견했지요. 지금은 꽃이 피어 있지 않지만, 도화가 피어나면 그렇게 아름다울 수가 없어요."

소량이 작게 탄성을 토해냈다.

꽃이 없이 이파리만 무성한 지금도 이토록 아름다운데, 도화가 만발했을 때는 어떠하겠는가! 소량은 그녀가 가리키는 나무를 보며 고개를 두어 번 끄덕였다.

"하지만 아버지는 꽃을 따 달라는 부탁에도 따 주지 않으셨어요. 보다 못한 오라버니께서 따 주신다 했는데 그것마저 말리셨지요. 그때는 원망도 참 많이 했었는데……."

나무를 가리키고 있던 제갈영영이 느릿하게 손을 내렸다.

"지금 보니 아버지의 뜻을 알 것도 같아요."

"어떤 뜻을 말이오?"

"욕심은 채우면 커진다는 것."

어린 시절의 제갈영영에게는 나쁜 버릇이 하나 있었다. 호기심이 너무나 많다 보니 가지고 싶은 것도 많았다.

제갈세가가 그리 궁핍한 가문이 아닌 고로, 그녀는 원하는 것은 뭐든지 가질 수가 있었다.

하지만 쉽게 얻은 것은 쉽게 떠나는 법.

그렇게 얻은 것들은 금방 싫증이 났다. 제갈영영은 싫증이 난 것은 거리낌없이 버리고 새로운 것을 가지고 싶어 했다. 바로 그맘때에 아버지는 도화나무를 보여주셨다.

"꽃을 얻었다면 틀림없이 금방 싫증을 내고 버렸겠지요. 하지만 아버지는 꽃을 꺾어주는 대신 그냥 가만히 지켜보라고만 하셨어요. 그것이 온전히 가지는 법이라 하면서."

제갈영영이 눈을 지그시 감았다.

"이제 저는 그 꽃을 온전히 가졌어요."

눈을 감으면 도화가 아른거린다. 코끝으로 달콤한 꽃향기가 나고, 볼에 시원한 바람이 스쳐 지나간다.

이제 도화는 호수 중앙에 있는 섬에만 존재하는 것이 아니라 그녀의 마음속에도 존재하고 있었다.

"하지만 모용 소협은 절대 꽃을 가질 수 없을 거예요."

제갈영영이 몸을 돌려 소량을 바라보았다.

"기껏 초대한 식사에 이런 일이 생겨서 정말 죄송해요, 진 대협. 이런 일이 생길 줄은 미처 예상치 못했어요."

바로 이것 때문에 도화나무의 이야기를 꺼낸 것이었다. 모용단천이 벌인 일은 결코 그녀가 의도한 일이 아니었다.

"알고 있소."

소량이 따스하게 미소를 지었다.

도대체 왜일까?

갑자기 제갈영영의 얼굴이 붉어졌다.

그녀는 혼란스러운 시선으로 소량의 얼굴을 바라보다가 크게 당황한 듯 손을 들어 양 볼을 감쌌다.

뒤늦게 자신이 처한 상황을 자각한 것이다.

사죄해야 한다는 생각에 자리를 박차고 나오긴 했는데, 달빛 은은한 호숫가를 다 큰 남정네와 단둘이 거니는 셈이다. 금지옥엽인만큼 엄격하게 자랐던 제갈영영은 쾌활한 성격과는 달리 이런 상황에 익숙하지 않았다.

소량의 미소에 가슴이 철렁한 것은, 아마 그래서일 게다.

"저, 저는 그러니까……."

더듬거리던 제갈영영이 빠르게 외쳤다.

"저는 그러니까… 가볼게요!"

제갈영영이 몸을 홱 돌리더니 호숫가 밖으로 후다닥 걸음을 옮겼다. 그녀의 머릿속은 달빛을 받아 영롱하게 빛나던 소량의 눈동자에 대한 생각으로 가득했다.

'후아. 무슨 남자의 눈이 저렇지?'

그 눈동자를 떠올린 제갈영영이 공연히 부끄러워할 무렵, 소량이 다급히 그녀를 불렀다.

"제갈 소저!"

제갈영영의 발걸음이 더더욱 빨라졌다. 이제는 아예 경공의 묘리조차 섞어 달려나간다. 그렇게 뛰어가는 모습이 희극적으로 느껴져 소량은 저도 모르게 웃음을 터뜨렸다.

"하하하."

시간이 좀 더 지나자 웃음소리가 더욱 더 커졌다. 웃음을 참으려다가도 저도 모르게 다시 웃음을 터져 나온다.

"길을 알려주지 않으셨잖소, 제갈 소저."

서영권을 대신해 길을 알려주겠다고 나온 주제에, 제갈영영은 무슨 생각에서인지 갑자기 도망을 쳐버리고 말았다.

한참을 웃던 소량이 공연히 가슴을 쓰다듬었다. 갑자기 가슴 한구석이 저릿해지는 느낌이 든 것이다. 결코 기분 나쁜 감정이 아닌, 어딘가 부드럽고 따듯한 감정이었다.

가슴을 파고든 따듯한 감정 때문인지, 모용단천의 무례도 그리 기분 나쁘게 느껴지지 않는다.

'하마터면 마주 기세를 일으킬 뻔했다.'

있는 힘껏 기세를 뿜어낸 모용단천이었으나, 소량은 오히려 '상대의 기세가 미약하기 짝이 없는데, 스스로의 기세조차 온전히 제어할 줄 몰라 큰 기세를 뿜어내는 무례를 저지를

명예 235

뻔했다'고 생각했다.

'제 기운조차 온전히 다스리질 못하다니… 반선 어르신이나 도천존 단 대협이 보셨다면 크게 웃으셨을 것이다.'

소량이 씁쓸한 얼굴로 고개를 숙이고서는 공연히 주먹을 쥐었다 폈다.

소량의 무위가 이렇게나 높아진 가장 큰 이유는 태허일기공 덕택이라 할 수 있다. 태허일기공은 절정의 심공(心功), 오래 익힌다고 숙련되는 무학이 아니다. 단 한순간의 깨달음만으로도 비약적인 성장을 이룰 수 있는 무학이 바로 태허일기공이었다.

두 번째 이유는 소량 본인에게 있다. 그간 소량은 자신보다 약한 자들과는 싸워본 적이 없었다. 평범하게 수련한 이들은 몇십 년을 고련해도 얻을 수 없는 것을, 소량은 목숨의 위기를 수도 없이 넘기며 얻을 수 있었다.

그런 의미에서 본다면 소량이 스스로의 경지를 자각하지 못하는 것도 크게 이상한 일은 아니었다. 자신보다 높은 이들만 봐왔던 탓에 소량은 자기가 얼마나 고강한 무인이 되었는지도 모르고 부족하다고만 여기고 있었던 것이다.

'어디 한번 해볼까.'

도대체 무슨 생각을 한 것일까?

주먹을 쥐었다 펴던 소량이 슬며시 기세를 풀어내었다.

우우우웅—

내기에 짓눌린 소량 주변의 수풀들이 일제히 반대방향으로 몸을 뉘였다. 소량을 중심으로 원이 생긴 것처럼 말이다.

원의 크기는 끝없이 커져만 갔다. 마치 폭풍이라도 마주한 것처럼 풀잎과 나무들이 미친 듯이 일렁이기 시작했다.

만약 기세 전부를 다 푼다면 어떻게 될까?

대지가 갈라지고 나무들이 부러질 것이다. 수풀들이 뿌리 뽑혀 허공에서 춤을 출 것이다.

강호인들이 보았다면 경악을 금치 못할 모습을 만들어놓고도 소량의 안색은 어둡기만 했다.

'역시 너무 과해.'

소량이 씁쓸한 얼굴로 기세를 거둬들였다.

아무리 태허일기공의 기운이 바뀌었다고는 하지만, 이건 정도가 심해도 너무 심했다.

'혹시 주화입마인 것일까?'

소량은 근심 어린 얼굴로 고민을 시작했다. 생각이 너무 깊어서인지 소량은 한동안 움직이지도 않았다.

그렇게 얼마나 지났을까.

'나쁜 결과인 것 같지는 않으니 좀 더 지켜보자'는 결론을 내린 소량이 이내 주위를 둘러보았다. 벌써 날이 어둑어둑해졌는데, 자신은 무림맹의 길은 조금도 알지 못하는 것이다.

"이제 어찌 가야 한다……?"

소량이 조그맣게 중얼거렸다.

소량과 제갈영영이 갓 헤어졌을 무렵이었다.

서영권은 접객당의 집무실이 있는 서무관(庶務館)의 뒤편에 불을 피워놓고 오리를 세 마리 굽고 있었다. 그의 주변으로는 같은 접객당원들 두어 명과 외당의 순찰조원 몇 명이 앉아 찬탄의 눈으로 그를 바라보고 있었다.

"정말로 천애검협께서 노형을 대협이라 불렀단 말이오?"

"몇 번을 말해야 알아듣나. 에헴, 천애검협께서 이 몸의 진가를 알아보신 게지."

서영권이 거드름을 피우며 말했다.

수염을 느긋하게 쓰다듬는 와중에도 작대기를 든 그의 손은 연신 오리고기를 찔러보고 있었다.

"그래, 노형이 보기에는 어떻소? 천애검협은 소문 그대로의 분이시오?"

"물론 그렇지. 앞서 말했듯 이 몸의 진가를 알아본 것만으로도 충분치 않은가?"

그 말에 모두들 못 믿겠다는 표정을 지었다.

서영권의 표정이 붉으락푸르락하게 변해갔다.

"아니, 이놈들이?!"

"그거 말고, 뭔가 남다른 기풍이 느껴졌다거나… 뭐 그런 거 없었소?"

"나도 모른다, 이놈들아!"

서영권이 퉁명스러운 얼굴로 고개를 홱 돌렸다.

천애검협의 이야기를 들을 수 있을 것이라는 기대로 찾아왔던 순찰조원들이 대단히 실망한 표정을 지으며 서로를 돌아보았다. 대표로 덩치가 커다란 순찰조원, 장만호(張滿瑚)가 주춤주춤 다가왔다.

"거 속 넓기로 유명한 서영권 대협께서 왜 이러실까. 그러지 마시고 이 술이나 한 잔 받으시구려."

장만호가 서영권의 잔에 넘치도록 술을 따랐다.

오리고기가 다 익기 전에는 술을 마실 생각이 눈곱만큼도 없었던 서영권이 고개를 절레절레 저었다. 하지만 기분이 풀리기는 했는지, 서영권은 흡족한 얼굴로 중얼거렸다.

"고수가 되기 위해서는 뼈를 깎는 고련이 필요한 법, 자연히 사람과의 왕래가 적어지고 수련을 하는 시간이 많아지네. 그렇게 무학을 익혀서 강호에 나오면 말이야, 사람이 괴팍해지게 되어 있어. 세상을 잘 몰라서 제멋대로 살게 마련이지. 사소한 모욕도 잘 참지 못하고 금방 칼부림을 하는 경우가 많은 것도 그래서일 게야."

서영권이 나뭇가지를 들고 허공을 찌르는 시늉을 했다.

"실전으로 고수가 된 사람은 더 무서워. 피로 피를 씻다 보면 어느새 사람이 흉흉해지게 되어 있지."

"아, 언제까지 쉰 소리를 할 참이요?"

장만호가 타박하자 서영권이 그를 노려보았다. 다른 이들에게는 다행히도 그는 이야기를 멈추지는 않았다.

"그런데 천애검협은 다르더군. 모욕을 받았음에도 대수롭지 않게 넘기더라고. 속은 부글부글 끓을지 몰라도 절제할 줄을 아니 명문의 자손이니 뭐니 뼈대는 놈들보다 훨씬 나아."

이야기를 듣던 사람들이 진지하게 고개를 끄덕였다.

"거기에 아랫사람들에게도 하대를 하지 않는 정중함과 사람들이 그토록 우러러보는 데도 겸손하게 굴 줄 아는 심성까지 소문 그대로야. 그는 진짜 협객이라고!"

"아아!"

무림맹에서 권위에 가득 찬 사람들만 보았던 순찰조원들과 접객당원들이 크게 감탄을 토해냈다.

그들은 감동한 눈으로 서로를 바라보았다.

"에이, 나도 접객당에나 들걸!"

장만호가 크게 투덜거렸다.

서영권이 혀를 끌끌 차며 말했다.

"접객당이라고 뭐 좋은 일만 있는 줄 아느냐? 명사를 자주

만날 수 있다는 것은 장점이 아닐 수 없지만, 그들의 눈에 어린 경멸도 감수해야 해. 천하의 무림맹의 접객당이지만 당주쯤 되는 사람이 아니면 지나가는 똥개 취급을 받을 때도 있지. 오, 다 익었군."

오리고기를 쿡쿡 쑤셔보던 서영권이 그렇게 말하고는 뒷다리 하나를 죽 뜯었다.

"아뜨뜨."

잘 구워진 다리를 양손에 이리저리 넘겨가며 장만호에게 넘긴 서영권이 이번엔 날갯죽지를 죽 뜯었다. 그리고 제 앞에 놓인 접시에 턱 하니 놓고는 입맛을 쩝쩝 다셨다.

"이래저래 피곤한 하루였어. 바로 이것을 위해 오늘 하루의 노고를 참은 것이나 다름없지. 향육(香肉)만은 못하지만, 오리고기와 함께 즐기는 화주 역시 천하일미!"

서영권이 크흐흐 웃으며 날개를 들어 한입 덥석 베어 물고는 감탄을 토해내며 꿀꺽 삼켰다.

이제 여태껏 참아왔던 화주를 들이켤 차례였다.

"자! 한잔하세!"

접객당원들과 순찰조원들이 잔을 높이 들어 올렸다.

서영권이 만족감 어린 얼굴로 술을 들이켰다.

"푸허읍!"

하지만 술을 삼키지는 못했다. 사레가 들려 비강으로 술이 넘어온 탓에 서영권은 눈물을 쏟아내며 괴로워했다.
"푸큭, 지, 진 대협."
"제가 방해를 했군요."
서영권의 앞에는 소량이 서서 난감한 표정을 짓고 있었다.

第九章
작은 새

1

그로부터 사흘의 시간이 흘렀다.

사흘 전부터 무림맹에 삼천존이 방문했다는 소문이 돌았다. 삼천존의 기운이 워낙에 신비로운 까닭에 보통 사람들은 느끼지 못했지만, 무림맹주 진무극이나 무당의 검선, 청성의 일검자는 삼천존이 방문했음을 느낄 수 있었다고 했다.

하지만 소문은 하루가 지나기도 전에 사라져 버리고 말았다. 진무극과 검선, 일검자 등이 머리를 맞대고 회의한 결과 '삼천존의 기운보다는 약간이나마 부족한 것으로 보아, 정체 모를 신비고수의 행동인 듯하다'는 결론을 낸 탓이었다.

사람들은 그 신비고수가 천애검협이 아닐까 하고 떠들어댔다. 소량이 도천존의 삼 초식을 받아냈던 서성현이나, 곽채선과 일전을 겨루었던 나전현에 있었던 무인들이 천애검협이라면 능히 그럴 만하다고 떠들어댄 탓이었다.

하지만 그 반대의 경우가 월등히 많았다. 소량을 무림맹에서 처음 본 자들은 그의 소문이 과장된 것이라며, 그저 협의 지심 덕택에 그렇게 소문난 것뿐이라고 주장했다.

그들은 '천애검협에게 진실을 요구한다'며 패를 이루어 천룡각을 방문한 후, 소량에게 비무를 요청했다.

하지만 소량은 그에 대응하지 않았다. 교분을 나누고자 찾아온 이가 있으면 정중히 양해를 구한 후 돌려보냈고, 비무를 요청할 경우에는 부족한 재주라며 거절했다.

소량에게 명예란 조금도 관심없는 일이었던 것이다.

소량이 상대하는 대신 피하기만 하자, 무림맹에 '천애검협의 무공은 사실 보잘것없다'는 소문이 돌았다.

면전에서 말하는 이가 없어 소량은 아무것도 몰랐지만, 소문은 점점 규모를 불려가고 있었다.

'확실히 천애검협은 무림맹과 어울리는 사람이 아니야.'

그간 쌓인 방명록이나, 천룡각과 천봉각(天鳳閣)에 소요되는 예산 따위를 정리하던 서영권이 눈을 가늘게 떴다.

명예나 권력을 중시하는 무림맹의 사람들과 담백한 성품의 천애검협이 서로 어울릴 리가 없다.

'무림맹에 천애검협이 있다는 소문은 있지만 정작 그를 만난 사람은 없다'는 말이 돌 정도로 칩거하고 있는 천애검협이었지만, 그게 전혀 이상하게 보이지 않을 정도다.

'하지만 사람들도 참 너무하는군. 제 일도 아닌데 이렇게까지 왈가왈부할 필요가 있나?'

서영권이 참새마냥 소문을 옮겨대는 무림맹의 사람들을 떠올리고는 혀를 두어 번 찼다.

이미 천애검협의 인품에 감탄한 서영권이었다.

사흘 전에 있었던 술자리에서도 그랬다.

천룡각의 위치를 알지 못해서 서성이던 끝에 서무관까지 오게 된 천애검협은 '하, 한 잔 드릴까요?'라는 서영권의 어처구니없는 질문에도 그를 탓하지 않고 잔을 받아 들었다.

의식적이라기보다는 거의 무의식적으로 술을 권했던 탓에 '이 멍청한 입아. 어쩌자고 네 주인을 이렇듯 곤경에 몰아넣는단 말이냐?'라고 한탄하던 서영권은 그가 술잔을 받자 치도곤을 면하게 되었다며 크게 안도를 했었다.

천애검협은 야외에 아무렇게나 주저앉아 술을 마셨다. 명성 높은 고수라고 보기엔 지나치게 편안한 태도였다.

'이런 보잘것없는 술자리에 모시게 되었으니 어떻게 하느냐' 고 주위 사람들이 걱정했지만, 천애검협은 오히려 숨통이 트이는 것 같다며 미소를 지었었다.

'오늘도 오시려나?'

서류를 정리하던 서영권이 공연히 입맛을 쩝쩝 다셨다.

갑갑해지면 찾아오겠다더니, 천애검협은 지난 사흘 내내 술자리에 참석했다.

천애검협과 함께 술자리를 가졌던 순찰조원과 접객당원들은 절대 소문을 밖으로 퍼트리지 않았다.

천애검협과 교분을 나누고자 찾아온 명숙들이 보면 자신들이 치도곤을 당하게 되는 것은 물론, 천애검협의 명성에도 누가 될 것이라 생각한 것이다.

물론 다른 이유도 있다.

천애검협이라는 이름은 고수보다는 하급 무인들에게, 하급 무인들보다는 백성들에게 더 널리 알려져 있다.

만에 하나 소문이 번지기라도 한다면 서무관 뒤쪽은 천애검협과 술을 나누기 위한 사람들로 난장판이 될 것이다.

"다 됐구먼. 접객당주께 올리게."

서류뭉치를 수하에게 넘긴 서영권이 자리에서 벌떡 일어났다. 해가 져가고 있으니 이제 술판이 벌어질 때였다.

번개처럼 서무관을 나간 서영권은 조심스럽게 주위를 흘끔거리고는 서무관 뒤쪽으로 향했다.

그의 예상대로 술판은 이미 벌어져 있었다.

"나와 계셨군요. 진 대협."

"아아. 서 대협."

소량이 자리에서 슬며시 일어나 목례를 해 보였다.

서영권은 열심히 손사래를 쳐 앉으라는 시늉을 하고는 미리 챙겨온 술병을 들어 올리며 웃었다. 그간 모아온 비자금을 털어 사온 백화주가 찰랑찰랑 소리를 냈다.

"이 근처에만 파는 술입니다. 무슨 약초도 들어가고 뱀도 들어가고 했다던데, 그건 잘 모르겠고 맛 하나는 기가 막힙니다. 비싼 것이 좀 흠이긴 하지만… 흠, 흠."

서영권이 공연히 헛기침을 해 보였다. 비싼 것을 구해온 자신의 정성을 알아달라는 의미였다.

소량이 환하게 미소를 지었다.

"서 대협 덕분에 제 입이 호강을 하게 생겼군요."

확실히 반선을 만나기 전보다 웃음이 많아진 소량이었다. 할머니와 동생들의 안위를 걱정하는 것은 마찬가지지만, 이제는 예전처럼 마냥 초조해하지 않는다.

"어흠, 험. 이놈들아! 진 대협께서 오셨는데 좀 좋은 것으로 준비하지 않고!"

작은 새 249

서영권이 주위를 둘러보며 눈을 부라렸다.

바닥에 깔린 접시에는 삶은 쇠고기 몇 근이 놓여 있었는데, 아무리 쇠고기가 귀하다 해도 천애검협을 대접하는 것치고는 부족하기 짝이 없는 것이다.

순찰조원 장만호가 콧방귀를 뀌며 대답했다.

"진 대협께서 직접 만드신 것인데요."

"정말 맛있어 보이는군!"

서영권이 얼른 자리에 앉고는 고기 한 점을 입에 넣고 우물거렸다. 그냥 맹물에 삶은 줄 알았는데 막상 먹어보니 맛이 그렇게 나쁘지가 않다.

'진짜 괜찮은데? 천애검협은 요리에도 재주가 있었구나.'

서영권이 감탄하며 소량을 바라볼 때였다.

한 잔을 쭉 들이켠 소량이 멋쩍게 웃었다.

"고향에서 특별한 날에 먹는 음식입니다. 생강을 많이 넣어 맛이 담백하지요. 예전에 종종 먹곤 했던 기억이 나서, 무리라는 것을 알면서도 부탁하여 만들어보았습니다."

"과연, 맛이 참으로 뛰어나오!"

서영권이 우육 한 점 더 집어먹으며 호들갑을 떨었다.

"맛이 없다 타박할까 두려웠는데 참으로 다행입니다."

소량이 은은한 얼굴로 미소를 지었다.

무창에서 목공으로 일할 때, 대가에 물건이라도 하나 납품하고 나면 동료들끼리 모여 쇠고기를 삶아 먹곤 했었다.

그를 주도했던 목공들의 대형, 곽장(廓壯)을 떠올린 소량이 서영권을 흘끔거리며 실소를 지었다.

'그러고 보니 서 대협이 곽 형을 닮았구나.'

소량이 눈을 지그시 감았다. 무창에서의 일상을 떠올리자 자연스럽게 승조의 말이 같이 떠오른다.

'형님은 형님의 인생이나 건사하라고 했지.'

뺨을 얻어맞은 까닭에 끝까지 말을 잇지 못했지만, 뒷말쯤은 능히 짐작할 수 있는 일이다. '나도 이제 다 자랐다' 던 승조의 외침을 떠올린 소량이 쓴웃음을 지었다.

'승조의 말에 일리가 없는 것은 아니야.'

사내대장부가 다 된 동생에게 숨어 있으라고만 했으니 팔불출도 그런 팔불출이 없는 셈이다.

하지만 동생들을 놓아줄 생각을 하니 묘한 허탈감이 든다.

동생들을 다시 만난 것처럼 할머니를 되찾게 된다면, 그 이후에는 무엇을 해야 할까? 지난 삼 년 동안 가족들의 생각만 해왔기 때문인지, 이후의 계획이 쉽게 떠오르지 않는다.

"그런데 진 대협, 왜 서 형에게 대협이라고 부릅니까?"

껄껄 웃으며 저들끼리 잡담을 나누던 장만호가 물었다.

처음에는 많이 어려워했지만, 소탈하고 순박한 소량의 모습에 쉽게 마음을 열어버린 장만호였다.

생각해 보면 이 자리에 있는 모두가 그랬다. 구름 위의 학인 척하며 저들끼리만 어울리는 명가의 후손들과 달리, 천애검협은 백성들과 어울리기를 주저하지 않는다.

'아니, 이 염병할 놈이?!'

서영권이 눈을 부릅뜨며 장만호를 노려보았다.

사흘 전에도 장만호는 분위기를 부드럽게 해줄 농담을 한답시고 '삼백 마인을 죽이면 기분이 어떻습니까?' 라고 물었다. 그렇지 않아도 천애검협이 어려워 죽겠는데 말이다.

서영권이 '죽으려면 혼자 죽어라, 개 같은 놈아!' 라고 속으로 부르짖으며 열심히 눈짓을 했지만 안타깝게도 장만호는 알아듣지 못했다.

별로 말하고 싶은 주제가 아니라는 천애검협의 말에도 '왜요, 상쾌할 것 같은데' 라고 중얼거릴 정도니 장만호의 눈치 없음이 얼마나 대단한지 알 수 있으리라.

물론, 이번에도 장만호는 서영권의 분노를 알아차리지 못했다. 서영권의 노기가 한층 더 커졌다.

'나의 유일한 낙을 네놈이 꺾어먹으려고!'

천애검협에게 대협 소리를 듣는 것은 크나큰 자부심이었다. 교분을 나누고자 천애검협을 찾아왔던 자들이 허탈하게 돌아갈 때, 남몰래 우월감을 느끼는 서영권이었다.

소량이 서영권을 돌아보며 말했다.

"무림맹의 현관을 책임지시는 분이니 응당 그에 대한 존칭이 있어야 하지 않겠습니까?"

"문지기 노릇이 무슨 대수라고……."

장만호가 입가를 비틀며 서영권을 돌아보았다.

서영권이 분노로 몸을 부들부들 떠는 사이, 신근욱(申勤煜)이라는 젊은 순찰조원이 크게 웃으며 말했다.

"왜요, 예전에 마차에 치일 뻔한 아이를 구한 적이 있잖아요. 마차가 그냥 스쳐 지나가긴 했지만, 아이를 감싸는 모습만큼은 대협이라는 칭호에 부족함이 없는 것이었지요."

마부의 실수였는지, 아니면 진짜 급했던 것인지 마차 한 대가 감히 무림맹의 현문 앞을 빠르게 질주한 적이 있었다.

접객당의 일을 하던 서영권은 무림맹의 외벽 앞으로 놀러 온 아이 한 명이 마차 앞에 있는 것을 보고 재빨리 뛰어들어 아이를 안고 몸을 날렸다.

하지만 마차는 아이의 근처로는 오지도 않았다. 대경한 마부가 급하게 방향을 튼 덕택이었다.

무림인이면서도 경공에 능하지 못해 아이와 함께 흙바닥을 구른 서영권만 애꿎게 바보가 된 셈이었다.

"그런 일이 있었군요."

하지만 소량은 비웃지 않았다. 나서지 못한 이들이 부끄러워할 일이지, 나선 이가 부끄러워할 일은 아니었다.

소량이 진지한 어조로 서영권에게 말했다.

"대협이라는 칭호를 받을 만합니다, 서 대협."

"아니, 사실은 신가 놈의 이야기가 맞습니다."

서영권이 씁쓸한 얼굴로 미소를 지었다.

민망한 미소가 아닌, 자조 섞인 미소였다.

"제게는 대협이라는 칭호는 어울리지 않아요. 사실 저는 사람을 구해본 적이 한 번도 없습니다."

말을 마친 서영권이 공연히 제 양손을 들여다보았다.

"살면서 제가 무언가를 구한 것은 오직 작은 새 한 마리뿐이었지요. 한 손에 들어올 만한 작은 새 말입니다."

서영권이 고개를 푹 숙이고 한숨을 내쉬더니, 이내 고개를 들고 이글이글 불타는 눈으로 장만호를 바라보았다.

장만호가 뒤늦게 서영권의 분노를 알아차리고는 움찔했다.

"왜 화를 내고 그러십니까, 서 노형?"

"내가 언제 화를 냈다고 그러나?"

"지금 화를 내고 계시지 않습니까?"

"아니야, 그것은 자네의 착각일세."

천애검협의 앞이라 마음껏 화를 낼 수가 없다. 서영권이 부들부들 떨리는 얼굴로나마 미소를 지었다.

장만호와 서영권이 신경전을 벌이건 말건, 신근욱은 조금의 관심도 없었다. 천애검협과 언제 다시 만나게 될지도 모르는데 매일 보는 말다툼에 신경 쓸 겨를이 어디 있겠는가!

그렇게 살피다 보니 천애검협의 표정이 밝지가 않다.

"표정이 좋지 않으십니다, 진 대협. 무슨 생각을 하고 계신 모양이지요?"

혈마곡이 일으킨 천하대란을 근심하는 것일까, 아니면 무공의 새로운 깨달음을 고민하는 것일까?

신근욱의 눈빛이 초롱초롱해졌다.

하지만 소량의 고민은 그런 거창한 것이 아니었다.

"그냥, 제 인생을 생각하고 있었습니다."

그때까지도 신경전을 벌이던 서영권과 장만호가 갑자기 무슨 소리냐는 듯 소량을 돌아보았다.

"동생에게 자기 걱정일랑 말고 당신 인생이나 신경 쓰라는 말을 들으니 영 신경이 쓰여서요."

"홍! 동생들이란 좀 그런 데가 있지요. 제 동생도 그렇습니다. 걱정해 주면 고마운 줄이나 알 것이지."

"헉?!"

장만호가 퉁명스럽게 중얼거리자 서영권이 대경하여 그의 입을 틀어막았다. 천애검협의 앞에서 그 동생들을 욕하는 것도 문제지만, 동생들의 면면 자체도 문제가 된다.

그의 동생 중에는 금협이라는 별호를 얻은 진승조가 있고, 천하의 창천존의 지우라는 지괴 진유선도 있는 것이다.

하지만 소량은 동의한다는 듯 고개를 끄덕거릴 뿐이었다.

"그러게 말입니다. 고마운 줄이나 알 것이지."

소량이 그렇게 말하자 서영권이 안도한 듯 장만호를 풀어 주었다. 장만호가 서영권을 노려보며 침을 퉤퉤 뱉었다.

"더럽게 짜네. 손 좀 씻고 사쇼."

"하하하… 동생들이 다 자라고 나면 형들도 좀 자유로워 지는 법이지요. 진 대협의 동생들이야 훌륭하게 자랐을 것이 분명하니 대협께서도 자기의 인생을 찾으시면 될 것입니다. 그래, 대협께서는 훗날 무엇을 하고 살 계획이신지 요?"

"글쎄요, 어떻게 살아야 할지도 잘 모르겠는데요."

협객이 되겠다는 거창한 목표는 있다. 웃으면서, 사랑하며 가겠다는 생각도 있다. 하지만 이상하게도 그것만으로는 부족하다는 생각이 든다.

"어떻게 살아야 할지 모르시겠다니요? 알고 보면 그렇게 간단한 문제가 없는데……."

"서 대협께 고견을 청합니다."

소량이 미소를 지으며 가볍게 읍했다.

서영권이 공연히 코끝을 찡긋거렸다.

"웃을 때는 열심히 웃어야 합니다. 화를 낼 때는 열심히 화를 내야 합니다. 슬플 때는 열심히 슬퍼해야 하고, 기쁠 때는 열심히 기뻐해야 합니다."

말뜻을 이해하지 못한 소량이 의아한 표정을 지었다.

"슬픔을 억지로 참으면 울화병이 생기고, 기쁨을 억지로 참으면 속앓이를 하게 되지요. 무릇 희로애락은 인간사에 빼놓을 수 없는 것, 충실한 삶이 있다면 바로 그것에 충실한 삶이 아니겠습니까? 물론, 과할 필요는 없습니다. 순간의 감정에 이리저리 휘둘리는 사람은 충실한 사람이 아니라 멍청이지요."

서영권이 장만호를 돌아보며 말했다. 물론, 장만호는 그것이 자신을 두고 하는 말이라는 것을 눈치채지 못했다.

서영권이 한숨을 내쉬며 소량 쪽으로 시선을 돌렸다.

"하지만 그것을 무시하는 사람도 멍청입니다. 과거는 지나갔으니 존재하지 않고, 미래는 다가오지 않았으니 없다는 말도 있지 않습니까? 있지도 않은 과거에 얽매이고 미래를 근심하여 현재를 즐기지 못한다면 손해도 그런 손해가 없을 것입니다."

"아아!"

소량이 작게 감탄을 토해냈다. 서영권의 말은 반선의 가르침과도 일맥상통하는 바가 있었던 것이다.

걱정해야 할 땐 마음껏 걱정하되, 미리부터 근심하고 고민할 필요는 없다. 슬퍼해야 할 때는 마음껏 슬퍼하되, 그에 얽매여 이후의 삶을 엉망으로 만들 필요가 없다.

소량이 감탄하는 사이 서영권이 말을 이어나갔다.

"동생분의 말씀도 그런 뜻일 것입니다. 항상 동생들과 붙어 지낼 것은 아니지 않습니까? 동생들이 없는 동안에 찾아오는 기쁨과 슬픔을 걱정을 한답시고 버리면 안 되지요. 저기 장가 놈이 딱 그래요. 팔불출이라 제 동생을……."

"서 대협께서는 어찌 그러한 이치를 알았습니까?"

서영권의 말을 끊고 소량이 크게 감탄을 터뜨렸다.

"이, 이치랄 것까지야 있겠습니까? 나이를 좀 먹고 보면 저절로 알게 되는 것뿐입니다."

서영권은 그만 크게 당황하고 말았다.

팔불출이 되지 말라는 소리를 예의를 갖추어 했을 뿐인데 저렇게 초롱초롱한 눈으로 자신을 바라볼 줄은 몰랐다.

서영권은 혹시 자기가 스스로도 모르는 새 그럴듯한 소리를 한 것이 아닌가 고민하기 시작했다.
'나이를 먹으면 저절로 알게 된다?'
소량이 고개를 두어 번 끄덕였다.
노인의 지혜란 공경받아야 마땅한 것이다. 그것을 자신의 것으로 만드는 것이 젊은이의 몫일 테고 말이다.
"앞으로도 종종 들를 터이니, 고견을 들려주십시오."
"허, 참. 제가 무슨 대단한 소리를 한 것도 아닌데."
서영권이 멋쩍은 얼굴로 웃음을 지었다.
소량은 서영권의 잔에 술을 따라주고는 자신의 잔에도 넘치도록 술을 채웠다. 괜히 웃음이 터져 나올 것 같았다.

2

서영권은 참으로 기이한 사람이었다. 강자를 보면 굽실거리기 일쑤고, 무슨 일이 생기면 손해라도 닥칠까 전전긍긍하지만 그 모습이 얄밉다기보다는 유쾌하게 느껴진다.
또한, 그에게는 세상을 살아오며 쌓아온 지혜가 있었다.
나이 먹은 이라면 누군들 안 그렇겠냐마는 서영권에게는 고리타분한 방식이 아닌, 담담하되 정곡을 찌르는 방식으로 지혜를 전할 줄 아는 재주가 있었다.

작은 새 259

때문에 소량은 술자리가 아니어도 서영권을 찾곤 했다. 접객당주 염승완은 서영권을 천애검협에게 붙인 자신의 선택을 자화자찬하며 서영권의 업무를 대폭 감해주었다.

 모용단천은 그것이 마음에 들지 않았다. 그 역시 몇 번 천애검협을 찾아간 적이 있으나, 간단한 인사만 나누었을 뿐 길게 대화를 나누지 못했던 것이다.

 명문의 후기지수인 자신을 거절하고 만난다는 것이 고작 수적(水賊) 출신의 무인이다. 마치 '너는 수적만 못하다'고 말하는 것 같아 절로 심기가 불편해진다.

 '출신이 비천하니 어쩔 수 없는 게지.'

 그렇게 생각해 보았지만 모용단천의 기분은 나아지지 않았다. 출신도 비천한 자가 강호에서 먹고살려면 응당 자신의 눈치를 보아야 하지 않겠는가!

 하지만 천애검협은 누구의 눈치도 보지 않는다. 명성이 높은 까닭에 오히려 자신이 그의 눈치를 봐야 했다.

 아무리 협명이 높다고 해도 오대세가의 후계자인 자신에게 이럴 수는 없는 일이다.

 '네가 쥐꼬리만 한 명성을 믿고 이토록 오만하게 구니 어쩔 수 없다. 모두 네가 자초한 바니 만천하의 앞에서 네 가면을 벗기더라도 원망하지 마라.'

 사신당의 출맹(出盟)을 앞두고 사열식이 있던 날, 마침내 모용단천은 뜻을 세웠다. 사신당 중 현무당과 함께 사천으로 가게 되었으니 천애검협도 대중 앞에 나서지 않을 수 없는 것이다.

그의 예상대로, 천애검협은 사신당의 사열식에 참석했다. 모용단천은 무림맹주의 연설 중에도, 연설이 끝나고 간단한 주연이 열릴 때에도 천애검협에게서 시선을 떼지 않았다.

'내 이럴 줄 알았다.'

천애검협은 무림 명숙들이 모인 곳에서도 구석에 서서 서영권과 담소를 나누고 있었다. 이는 곧 자신뿐 아니라 무림 명숙 모두를 무시한 것이 아닌가!

'차라리 잘되었다. 이토록 많은 사람이 모였으니, 너도 더 이상 자리를 회피하지는 못할 것이다.'

결심한 모용단천이 일부러 큰 목소리로 외쳤다.

"아아! 이제 보니 천애검협께서도 계셨구려!"

모용단천이 그렇게 말하자 사람들의 시선이 모두 왼쪽 편으로 쏠렸다. 천룡각에서 모습을 드러내지 않던 천애검협이 등장한 탓에 안 그래도 모두 왼쪽을 흘끔거리던 참이었다.

"…모용 소협."

서영권과 대화를 나누던 소량이 모용단천에게 가볍게 읍

했다. 크게 당황한 서영권은 아예 허리를 반으로 접었다.

모용단천이 허탈한 듯 말했다.

"한때 목공이셨다니 안목이 부족한 것은 이해하겠지만… 그래도 섭섭하구려. 누구는 대협이고 누구는 소협이오?"

목공이라는 소리에 사람들이 웅성거렸다.

그간 무림맹에 천애검협의 출신이 목공에 불과하다는 소문이 돌았는데, 마침내 사실로 밝혀진 것이다.

소량이 씁쓸하게 웃으며 가볍게 목례했다.

"하면 앞으로는 대협이라고 칭하겠소, 모용 대협."

"하하하! 그런 칭호를 바라서 한 말은 아니오. 농을 한 것인데 너무 진지하게 받아들이시니 제가 민망해집니다."

모용단천의 말은 교묘하기 짝이 없었다. 사심을 가득 담아 말을 꺼내놓고도, 농담이라 말하여 그를 진지하게 받아들인 소량을 이상한 사람인 양 몰아가는 것이다.

"그러지 말고 이리 오셔서 담소나 나눕시다. 사람에게 귀천이 어디 있겠냐만… 왜 유유상종(類類相從)이라는 말도 있지 않소? 기왕 협명을 얻으셨으니 그에 맞추어 살아야 체면을 상하지 않는 법이라오."

소량의 표정이 조금씩 굳어갔다. 한심하다는 듯 모용단천을 바라보던 조금 전의 시선이 차가우리만치 무심한 시선으로 변해 버린 것이다.

"목공인 제가 끼어봤자 폐를 끼치는 꼴밖에 되지 않을 것이오. 괜히 파흥(破興)할까 두려우니 양해해 주시구려."

목공임을 자처하지만 그 태도는 담담하고 부끄러움이 없다.

모용단천이 피식 실소를 지으며 말했다.

"이제는 목공이 아니지 않소? 어서……."

"아니, 목공이오."

모용단천의 표정이 딱딱하게 굳어갔다. 목공 같은 너절한 직업이 아닌 어엿한 무인으로 대접코자 하는데 어찌 이렇게 무시할 수가 있는가!

"사실 나는 목공이라는 직업을 조금도 부끄러워하지 않는다오. 아무것도 생산하지 않는 자보다는 생산하는 자가 나은 법. 강호에 든 지금도 목공임을 자처하는 것은 내 손으로 무언가를 생산하던 때의 기쁨을 알기 때문이오."

모용단천의 얼굴이 붉으락푸르락해졌다.

'하! 이제는 설교까지 하려 하느냐?'

다른 무인들의 얼굴도 그와 비슷했다. 몇몇 무인들은 천애검협의 말도 옳은 말이라며 씁쓸한 표정을 지었지만, 대부분의 무인들은 우리를 무시하는 것이냐며 얼굴을 굳혔다.

'진 대협, 장소가 장소이니 참으셔야 해요.'

모용단천의 뒤쪽에 서 있던 제갈영영이 초조한 표정을 지었다. 못마땅하던 모용단천에게 일침을 놓는 것은 좋았지만, 장소가 장소인 것이다.

'이런……'

제갈영영은 구파일방의 무인들이 모인 곳을 흘끔 보고는 눈을 질끈 감았다. 그들은 일이 어떻게 굴러가는지 알면서도 모두 호기심 어린 얼굴로 소량을 바라보고 있었다.

'진 대협과 무림맹은 너무 교분이 없었어.'

게다가 천애검협이라는 명성이 높아도 너무나 높다. 질시와 부러움이 무림맹의 무인들의 마음을 비틀고 있었다.

"생산하지 않는 자? 아무리 천애검협이라지만 이거 너무하는군. 이는 무림맹 전체를 무시하는 발언이 아니오! 천애검협의 눈에는 수많은 선배 고인들이 보이지도 않소이까?"

엄밀히 따지면 모용단천을 두고 한 이야기였지만, 천애검협이라는 명성에 질시를 느낀 무인들은 모두들 그에 동조하며 소량을 돌아보았다.

"그런 뜻은 아니오."

"방금 자신이 한 말마저 부정하려 드는구려. 무림맹 전체를 생산하지 않는 자로 몰아붙이지 않았소이까?"

소량이 단 한 번도 무림맹이라는 단어를 꺼낸 적이 없는데도, 모용단천은 무림맹이라는 단어를 수십 번도 넘게 말한 사람처럼 소량을 몰아가고 있었다.
"무림맹은 무림의 정기를 지키고 백성들을 보호하고자 만들어진 곳이니 결코 생산하지 않는다 말할 수 없소. 나는 다른 사람을 두고 말한 것이라오."
"감히!"
소량이 점잖게 말하자 모용단천이 고함을 질렀다.
누가 봐도 방금 말한 자는 자신이 분명한 것이다.
얼마 전까지만 해도 민망해하며 자리를 피하던 천애검협이 이렇게 머리를 꼿꼿이 들고 말대답을 할 줄은 몰랐다.
'강호를 잘 모르는구나, 천애검협. 일이 이렇게 되었으니, 이제는 비무를 피할 수 없을 것이다.'
모용단천은 소량이 운이 좋아 명성을 얻었을 뿐, 그 무위 자체는 별 볼일 없을 것이라고 확신하고 있었다. 자신의 생각이 옳다면 이제 천애검협은 명성조차 잃고 추락하리라.
"감히 나를 모욕하려는 것이오?"
"아직 배워야 할 게 많구려. 훗날이 되면 내 말을 이해할 수 있을 것이오, 모용 대협."
말을 마친 소량이 몸을 놀려 길음을 옮겼다.
모용단천에게 있어 가장 모욕적인 말이 바로 그것이었다. 고작 목공 출신인 주제에 설교를 하는 것으로도 모자라, 이제는 어린애 취급까지 하는 것이다.

"흥! 호의로서 합석을 권했으나 이토록 모욕을 받았으니 참을 수 없구려. 비천한 출신끼리 어울리게 둘 것을… 조금 전에 합석을 권한 내가 어리석었소."

서영권의 앞까지 걸어간 소량이 멈칫했다. 이러다가 사단이 나겠다 싶었던 서영권이 조그맣게 속삭였다.

"저는 괜찮으니 돌아가 보십시오, 진 대협."

소량이 차가운 얼굴로 고개를 저었다.

모용단천이 말을 이어나갔다.

"강호 동도들은 이미 아는 바일 테지만, 서영권이란 자는 본래 수적 출신으로 장강에서 도적질을 하던 자였소."

서영권이 안타까운 얼굴로 눈을 질끈 감았다.

소량의 눈썹이 크게 꿈틀거렸다.

"그가 속한 금강수로채(錦江水路寨)는 이권을 두고 융강수로채(融江水路寨)와 결전을 벌였지. 명분은 채주의 아들이 융강수로채의 손에 목숨을 잃었다는 것이었소. 채주의 의동생이었던 서영권은 일선에 서서 전투를 벌였소. 도적끼리의 추잡한 전투에 얼토당토않게 의(義)를 앞세우며 말이오."

서영권의 머릿속에 옛 기억이 떠올랐다. 그 역시 무인, 살인을 해본 적이 없는 것은 아니었다. 금강수로채와 융강수로채가 벌인 전쟁에서 그는 수많은 피를 보았다.

금강수로채의 채주는 자신만큼이나 유쾌한 사람이자, 평생 함께 하리라 여겼던 의형이었다.

그의 아들은 곧 서영권 자신의 조카.

그는 복수의 일념으로 수많은 무인들을 베었다.

그중에는 융강수로채주의 아들도 있었다.

"융강수로채주의 아들을 죽인 것이 바로 저 서영권이오. 융강수로채주의 아들이 둥지에서 떨어진 새를 구해주려는 순간을 노렸다던가? 그래도 그의 목숨을 거둔 뒤에 새는 둥지에 올려주었다고 하오. 풍류가 있는 인물인 셈이지."

모용단천의 말은 몹시도 간단했지만 서영권에게까지 간단한 것은 아니었다. 서영권은 그 날의 일을 조금의 가감도 없이 기억하고 있었다.

작은 새를 구하려는 청년의 몸짓은 이상하게도 찬란했다.

서영권은 이상하게도 청년에게서 시선을 뗄 수 없었다.

그저 그렇게 멍하니 바라보다가, 죽였다.

조카의 복수를 해야 했으니까.

청년을 죽인 후, 서영권은 바닥에 떨어진 새를 하염없이 바라보았다. 그리고는 새를 들어 둥지에 올려놓았다.

왜 그랬는지는 스스로도 몰랐다.

서영권의 귓가에 모용단천의 목소리가 들려왔다.

"하지만 금강수로채와 융강수로채의 전쟁은 사소한 이권 때문에 벌어진 것에 불과했소. 명분 역시 거짓이었지. 금강수로채주의 아들은 사실 도박 빚 때문에 살해당한 것이라고 하더이다. 거기에 죄책감을 느끼고 무림맹으로 왔다던데… 저런 멍청한 위인을 받아들인 맹주의 자비로움을 칭송해야 할 일이오."

서영권이 괴로운 듯 인상을 찌푸렸다.

소량은 서영권을 바라보다 말고 눈을 질끈 감았다. 문득 며칠 전에 들었던 서영권의 말이 떠올랐다.

"살면서 제가 무언가를 구한 것은 오직 작은 새 한 마리뿐이었지요. 한 손에 들어올 만한 작은 새 말입니다."

모용단천이 소량의 등을 바라보며 말을 이어나갔다.

"그 무공은 대단한 줄 아시오? 보잘것없는 수로채에서나 통하는 솜씨요. 마차 앞에서 나려타곤을 펼쳤다지?"

"그만하시오, 모용 시주."

소림사의 승려들이 있는 틈에서 엄한 목소리가 들려왔다. 다름 아닌 각원 대사의 목소리였다. 분위기가 점점 심상치 않게 변해가자 나서지 않을 수 없었던 것이다.

청허 진인과 청진 도장도 헛기침을 연신 뱉고 있었다.

"제가 틀린 말을 한 것은 아니지 않습니까? 정작 마차는 비껴갔는데, 무슨 대단한 일이라도 하는 것 같은 표정으로 아이를 감싸 안고 흙바닥을 뒹굴었다고 하더이다. 나려타곤의 재주만큼은 뛰어난 사람인 셈이지요. 하하하!"

모용단천의 말이 끝나자 서영권이 몸을 부르르 떨었다.

확실히 서영권의 무학은 그리 뛰어나지 못했다.

그의 눈은 마차의 궤적을 읽어내지 못했고, 그의 몸은 너무도 느렸다. 아이를 안고 흙바닥을 뒹굴었음에도 불구하고 그는 마차를 피하지 못하는 줄 알고 죽음을 각오했었다.

추태를 보인 셈이었지만 이상하게도 부끄럽지가 않았다. 아니, 사실 아이를 보았을 때부터 아무 생각도 하지 못했다.

그냥 새가 생각났을 뿐이었다.

한 손에 들어올 만한 작은 새가 둥지에 올라가려고 버둥대는 모습을, 새를 올려다주려던 어떤 청년의 눈부신 몸짓을.

"……."

상념에서 깨어난 서영권이 허리춤을 슬며시 쓰다듬었다. 그의 허리춤에는 장검이라고 말하기에는 짧고, 단검이라고 말하기에는 긴 기이한 검이 매달려 있었다.

서영권이 그것을 만지작거리는 사이, 모용단천이 말했다.

"어떻소, 이래도 그와 교분을 나누고 싶소이까?"

"천애검협께서는 비켜주시지요."

서영권이 그렇게 말하며 한 걸음을 앞으로 내디뎠다.

접객당원으로서 당한 수모는 얼마든지 참을 수 있으나, 무인으로서의 자신을 모욕하는 이가 있다면 참을 수 없다. 그것을 참는 순간, 무인은 무인이 아니게 되는 것이다.

서영권은 아직까지는 무인이었다.

'오늘이 내 목숨이 끝나는 날인가 보구나.'

그렇게 생각한 서영권이 검을 뽑으려 할 찰나였다.

소량의 손이 검병을 움켜쥔 그의 손을 덮었다.

"서 대협."

"나는 대협 같은 사람이 아니라오."

"아니, 대협이십니다."

서영권이 의아한 얼굴로 고개를 들었다.

천애검협이 희미하게나마 미소를 짓고 있었다. 이처럼 모욕을 받은 사람 앞에서 어찌 웃을 수 있냐고 화를 낼 법도 한데, 기이하게도 서영권은 아무런 말도 하지 못하였다.

소량은 이번엔 눈을 감고 한차례 짧게 심호흡을 했다.

서영권의 눈이 이번엔 찢어질 듯 커졌다. 갑자기 소량에게서 서늘한 바람이 불어온 것이다.

장내에서 오직 서영권만이 느낄 수 있는 기세였다.

다시 눈을 뜬 소량이 몸을 돌려 모용단천을 바라보았다. 이와 같은 자에게는 더 이상 공대를 할 필요가 없다.
 "검을 뽑아라."
 소량이 차가운 어조로 말했다.

第十章
신인(神人)

1

 모용단천의 표정은 딱딱하게 굳어 있었다. 내심으로야 비열한 미소를 짓고 있었지만, 때를 맞춰 각원 대사가 입을 여는 바람에 내색할 수가 없었던 것이다.
 "모용 시주는 당장 수생검에게 사죄하시오!"
 목소리는 컸지만, 각원 대사의 어조는 차갑기 짝이 없었다. 각원 대사가 노기로 인해 부들부들 떨리는 얼굴로 모용단천을 노려보며 말을 이어나갔다.
 "수생검은 수적일 때에도 백성들을 돕던 의적이었소. 그 공로로 인해 관에서도 그를 크게 벌하지 않고 풀어주었어. 무림맹이 그를 받아들인 것 역시 마찬가지, 죄는 있으나 공 역시 있으니 죄도 공도 없는 것으로 치겠다고 했었소."

금강수로채를 벗어난 서영권은 며칠이 지나기도 전에 관에 추포되었다. 아니, 그것은 자수라고 말해도 좋을 터였다. 서영권은 이미 수적 노릇에 염증을 느낀 상태였다.

하지만 관은 서영권을 크게 벌하지 않았다.

비록 금강수로채에 속해 있긴 했지만, 그는 굳이 따지자면 의적이라 할 만한 사람이었다.

재물을 빼앗아도 정도 이상 빼앗은 적이 없고, 수익의 반절은 반드시 백성들에게 나누어 주었다.

당장 그를 추포한 포쾌부터 크게 벌하지 말 것을 청할 정도였으니 말 다한 셈이다.

관이 그를 몇 대의 태형으로 다스리고 풀어주자, '수생검은 수적질을 하고도 의인임을 인정받아 관에서도 용서했다'는 소문이 잠깐이나마 강호를 떠돌았다.

무림맹이 그를 받아들인 것 역시 그의 사람 됨됨이를 어느 정도 알았기 때문이었다.

"그리고 그가 죽인 융강수로채주의 아들은……."

각원 대사가 눈을 지그시 감았다.

서영권은 그것으로 인해 이미 많은 고통을 받았다. 세인들은 어찌 평가할지 모르겠으나, 각원 대사는 더 이상 그를 벌하는 것은 무의미한 일이라 여겼다.

"그에 대한 벌은 이미 받은 셈이지."

다시 눈을 뜬 각원 대사가 모용단천을 노려보았다.

"어서 사죄하지 않고 무얼 하시오!"

모용단천이 모용세가의 장로들이 있는 곳을 흘끔 돌아보았다. 지금 같은 난세에 가주와 소가주가 가문을 비울 수는 없는 노릇인지라 무림맹에는 장로들이 파견되어 있었다.

그들 모두가 모용단천을 바라보며 '어서 각원 대사의 말씀을 따르라'는 의미로 눈짓을 하고 있었다.

하지만 그들도 천애검협에게 저지른 무례는 크게 탓하지 않았다. 조금 전, 천애검협과 언쟁이 있었을 때에도 모용세가의 장로들은 가만히 있을 뿐 나서지 않았었다.

나름 무학의 경지에 다다랐다고 자만한 장로들은 '내 눈이 썩지 않았다면 천애검협의 무위는 대단치 않은 것이 분명하다'고 판단했던 것이다.

"각원 대사의 말씀을 따르겠습니다. 천애검협이 저를 모욕한 까닭에 잠시 흥분했음을 인정합니다."

모용단전이 어쩔 수 없다는 듯 말했다. 말로는 사죄한다고 하지만, 모용단천은 정작 서영권은 돌아보지도 않았다.

"하지만 천애검협에게는 사죄할 수 없습니다. 그는 호의로서 자리를 권한 저를 모욕한 것으로도 모자라, 흥분하여 실수한 것을 두고 검을 뽑으라고까지 했습니다. 무인 된 자로서 어찌 이런 모욕을 참을 수 있겠습니까?"

자신이 한 것은 모두 실수일 뿐, 모욕을 가한 것은 천애검협이라는 듯한 말투였다.

말을 마친 모용단천이 검을 뽑아 들었다.

"모용 시주! 끝까지……!"

각원 대사가 직접 움직여 모용단천을 막으려 할 때였다.

"비무만이라면 어쩔 수 없겠지요."

무림맹주 진무극이 무심한 얼굴로 말했다. 한쪽은 무림맹의 주축인 오대세가의 일원이고, 한쪽은 이번에 조카로 받아들인 소량이라는 것을 생각하면 참으로 기이한 태도였다.

진무극은 오른쪽을 흘끔 돌아보았다. 무림맹의 군사인 제갈군이 태연한 표정으로 서 있었다.

조금 전, 제갈군은 진무극에게 전음성을 날렸었다.

[이것은 기회입니다. 세작들의 정체를 어느 정도 짐작한 지금에 와서 사신당을 출맹시키는 것은 그들이 어찌 정보를 혈마곡으로 보내는지 파악하기 위함이 아닙니까? 사신당의 출맹만으로는 부족하다 여기고 있었는데 천애검협이 일을 벌여 주었으니… 참으로 다행인 일입니다.]

[하지만……!]

[무슨 일이 생기면 맹주께서 나서서 말리시면 될 것입니다. 모용세가에도 세작은 있습니다, 맹주.]

조금 전의 대화를 떠올린 진무극의 표정이 조금씩 심각해졌다. 가장 세작이 많은 곳은 구파일방 중에 하나인 점창파와 오대세가 중에 하나인 모용세가다.

맹주는 무심한 눈으로 모용단천을 바라보았다. 그는 제갈군의 말대로 만에 하나 무슨 일이 생기면 직접 나서서 말리면 된다고 생각했다.

"뜻대로 하시게."

맹주가 고개를 끄덕이자 모용단천의 표정이 밝아졌다.

"흥! 강호에 협명이 자자하지만 모두 헛소문이로구나! 이토록 쉽게 사람을 모욕하는 위인이 어찌 천애검협이라는 명성을 얻었단 말인가!"

모용단천이 그렇게 외치며 소량에게로 몸을 날렸다. 주위의 사람들이 이미 비무가 벌어질 것을 알고 몸을 피했으므로, 소량에게로 가는 길은 뻥 뚫려 있었다.

섬광분운검(閃光分雲劍)이라!

눈 깜짝할 사이에 구름을 흩어버린다는 말치럼, 빠른 쾌검이 소량의 목을 노리고 쏘아졌다.

거의 살기까지 어린 섬뜩한 검로였다.

범인이라면 보기도 힘든 쾌검이었으나 소량은 아무렇지도

않게 검을 들어 튕겨내고는 재빨리 뒤로 물러났다.

물론, 검격으로 인한 충격 때문은 아니었다. 이후의 공격이 있을 것이라 예상하고 뒤로 물러선 것이었다.

모용단천이 득의양양한 미소를 지었다.

'일검을 막아낸 재주는 제법 그럴듯하다만 초식조차 없이 마구잡이로 휘두르는구나. 견뎌내지 못하고 뒤로 물러선 것도 그렇거니와 검로도 제대로 수습하지 못하는 듯하니 천애검협의 무위는 과장된 것이 틀림없다.'

모용단천의 검이 회수하자마자 바로 발출되었다.

섬광분운검은 말 그대로 쾌검을 중시하는 검법으로, 베기보다는 찌르기를 위주로 한다. 한 번 찌르고 나면 몸을 가볍게 회전하여 검을 수습한 다음, 다시 찌르기에 들어간다.

위력도 위력이지만, 그것은 화려하기 짝이 없는 모습이기도 했다. 검광이 수도 없이 번쩍이는 가운데서 몸을 회전하기까지 하니 가히 용맹한 모습이라 할 수 있었다.

모용세가의 장로들은 흐뭇한 얼굴로 그 모습을 바라보았고, 세인들은 '운중협이라는 별호를 허투루 얻은 것은 아니로구나'라며 감탄했다.

하지만 소량이 품은 것은 의아함이었다.

'쓸모없는 움직임이 너무 많다.'

자신의 경지가 낮지만은 않다는 것이야 알고 있지만, 강호의 무림인들의 무공이 보통 어떤 수준인지는 몰랐던 소량이었다.

'고작 이 정도인가?'

소량의 표정이 점점 더 굳어졌다.

반면 모용단천의 표정은 점점 의기양양해지고 있었다. 소량의 얼굴이 굳어진 것을 보고 승기를 잡았다 여긴 것이다. 내친김에 모용단천은 최근에 얻은 무리를 뽐내기로 했다.

우우웅─

모용단천의 검에서 희뿌연 기세가 일어났다.

"하! 저 나이에 검기라니."

무인들 틈에서 작은 감탄이 들려왔다.

사실 모용단천만 한 나이에 검기상인의 경지에 올랐다는 것은 크게 놀랄 일이었다. 검기를 얻기 위해선 무재가 있어야 하거니와 상승 무공을 익혀야 한다. 내공이 깊어야 하거니와 깨달음이 있어야 한다.

모용단천은 그 모든 것을 갖춘 기재였다.

반면 천애검협은 어떠한가!

소문으로는 검기성강의 경지에 이르렀다더니 검강은커녕 검기도 제대로 뽑어내지 못한다. 표정만은 침착했지만,

낡은 철검으로 검기에 맞서는 모습이 무모하게 느껴질 정도다.

"역시 과장된 것이었나."

누군가가 씁쓸한 얼굴로 중얼거렸다.

그 순간, 모용단천이 희열 가득한 미소를 지었다.

'이제 끝이다!'

모용단천의 눈에서 빛이 번쩍이는 것과 동시에 그의 검이 빛살처럼 뻗어나가 소량의 팔을 노렸다. 마침내 검기라고는 없는 소량의 검과 모용단천의 검이 부딪쳤다.

채앵—

검명이 울려 퍼짐과 동시에 모용단천의 얼굴이 굳어졌다. 이번의 찌르기로 화려한 대미를 장식하려 했는데, 상대가 예상치 못하게 검기를 뚫고 들어온 것이다.

'살검을 펼치지 않으려 내력을 뺀다는 것이 과했나?'

고작 이 정도 모욕으로 사람을 죽일 수는 없는 노릇.

모용단천은 천애검협의 팔 하나를 거두려 했을 뿐, 목숨까지는 거둘 생각이 없었다.

이와 같은 결과가 나온 것은 바로 그 때문일 터였다.

'그 틈을 노리다니, 제법 한 수는 있구나.'

모용단천은 더 이상 방심하지 않으리라 결심했다.

"과연 천애검협! 무공만은 대단⋯⋯."

"검을 쓰는 것이 아깝겠구나."

모용단천의 말이 끝나기도 전에 소량이 조용히 중얼거리며 수검했다. 모용단천의 눈이 휘둥그레 커졌다. 검기를 앞에 두고 미쳐 버리기라도 한 것인가! 내력을 북돋아 상대해도 부족할 판에 검을 수습할 줄은 미처 몰랐다.

"다시 오너라."

소량이 얼음장처럼 차가운 얼굴로 말했다.

모용단천은 그제야 등골에 소름이 돋는 것을 느꼈다.

아까 전부터 무거운 기세를 느끼긴 했으나 그것을 비무 전의 긴장감이라고만 여겼던 모용단천이었다.

그는 소량이 검을 패검하자 더욱 기세가 무거워지는 것을 느끼고는 이해할 수 없다는 듯 미간을 찌푸렸다.

하지만 아직도 그보다는 모욕감이 컸다.

"이, 이놈이……!"

여태껏 주위의 시선을 의식해 살심을 참았는데, 이제는 참을 수가 없다. 살심을 품고 한층 더 날카로워진 모용단천의 검이 소량의 미간을 찔러 나갔다.

바로 그 순간이었다.

"헉?!"

턱하고 무언가 막히는 느낌이 들었다. 무려 검기까지 실린 검이 천애검협을 찌르지 못하고 막힌 것이다.

고개를 내려다보니 천애검협의 손이 검을 잡고 있다.

"이, 이게 무슨?!"

어찌 검기가 실린 검을 맨손으로 잡을 수 있는가!

모용단천의 등골에 소름이 쭉 돋아 올랐다.

놀란 것은 모용단천뿐만이 아니었다.

천애검협의 소문이 과장되었다고 생각한 이들도, 과거 그의 무공을 본 적이 있었던 이들도 입을 열지 못했다.

소량은 아무런 말도 없이 검을 움켜쥔 손에 힘을 주었다. 그러자 검이 부르르 진동하는가 싶더니, 모용단천이 검에 실었던 내기가 역류하여 그의 육신으로 돌아왔다.

끝까지 검에서 손을 떼지 않은 까닭에 모용단천은 가벼운 내상을 입고 말았다.

"크윽, 쿨럭!"

우그극—

기침 소리와 동시에 모용단천의 검에서 철이 우그러드는 소리가 들려왔다. 고개를 내려다보니 청강검이 깨어지거나 부러지기는커녕 철검이 구겨지고 있었다.

세간의 상식으로는 말이 되지 않는 일이었다. 검기가 실린 검을 맨손으로 잡는 것을 큰마음 먹고 이해한다고 쳐도, 부러뜨리는 대신 우그러뜨리는 것만은 이해할 수가 없다.

"어, 어떻게!"

대경실색한 모용단천이 장을 펼쳐 소량의 얼굴을 후려쳐 갔다. 소량은 검을 쥐지 않은 손을 가볍게 펼쳤다.

"으아악!"

장과 장이 부딪치자 모용단천이 비명을 토해냈다.

무의식중에 검을 놓아버린 모용단천이 손을 감싸 쥐고는 정신없이 뒤로 물러났다.

무림맹의 무인들은 믿을 수 없다는 듯 그 모습을 바라보았다. 천애검협이 밀리기에 소문이 과장된 것이라고 생각했었는데, 검기가 실린 검을 맨손으로 움켜잡는 것으로도 모자라 청강검을 찰흙 짜듯 쥐어짜는 것을 보고야 말았다.

"……."

검을 물끄러미 내려다보던 소량이 그것을 바닥에 버렸다.

감당치 못할 대적들과 수도 없이 싸우다 보니 잊고 있었지만, 과거 태행마도 곽주와 싸울 때는 자신도 저랬었다. 저 정도가 명문의 후기지수의 실력이라면 자신의 성장이 너무 빠른 것일지도 모른다.

"무엇을 믿었던 것이더냐?"

소량이 차갑게 중얼거리며 모용단천을 노려보았다.

소량은 신도문과 합세하여 백성들을 수탈했던 나전현령을 떠올렸다. 그 역시 모용단천과 같았으리라. 자신의 권력을 믿고 사람을 사람으로 보지 않았으리라.

"네놈이 감히……!"

모용단천의 얼굴이 붉으락푸르락해졌다. 검기가 실린 검을 맨손으로 잡은 것에 놀라긴 했지만, 그는 아직 비무가 끝나지 않았다고 생각하고 있었다.

그러나 소량과 모용단천의 무공 수위는 어른과 아이만큼이나 차이가 났다. 그 성품 역시 마찬가지였다.

이제 그것을 확인할 차례였다.

"고작 그 정도의 무공을 믿었더냐?"

철썩!

모용단천의 얼굴이 홱 돌아갔다.

소량이 그의 얼굴을 후려친 것이다.

"으아악!"

단 한 대를 얻어맞았을 뿐인데 뇌가 흔들리는 듯한 기분이 들었다. 소량의 손에 숨어 있던 태허일기공이 모용단천의 육신에 파고들었던 탓이었다.

모용단천의 이성은 소량을 증오하고 있을지도 모르겠지만, 그의 본능은 두려움을 느꼈다.

모용단천의 육신이 저절로 움츠러들었다.

"아니면 가문을 믿었더냐?"

철썩!

모용단천의 얼굴이 또다시 돌아갔다.

끔찍한 통증을 느낀 모용단천이 털썩 바닥에 주저앉았다. 천애검협의 무공 수위가 낮느니, 높느니 하는 생각은 이제 떠오르지도 않았다.

"일어나서 서영권 대협께 사죄해라."

"나, 나는 모용세가의 후계자……."

모용단천이 겁에 질린 가운데서 외쳤다.

"…그래서?"

소량이 차갑게 중얼거릴 때였다.

모용단천의 손이 꿈틀거린다 싶더니, 소매에서 나뭇잎처럼 얇은 암기가 튀어나왔다. 모용단천은 아직도 포기하지 않은 것이다. 곧 암기가 소량의 미간을 노리고 쏘아졌다.

소량은 가볍게 목을 비틀어 피하고는 모용단천을 발로 찼다. 모용단천은 이전보다 끔찍한 통증을 느꼈다.

"으아아악!"

"나전현의 현령이 너와 같은 자였다. 그는 사람을 사람으로 대접하지 않고 자신의 권력을 채워줄 도구로만 보았지. 오늘 너를 보니 그의 젊은 시절을 짐작할 수 있겠구나. 사람이 그렇게 우스워 보이더냐?"

소량이 차분한 얼굴로 모용단천을 바라보았다.

단 세 대를 얻어맞았을 뿐이지만, 모용단천이 입은 내상은 결코 적지 않았다. 그렇지 않아도 스스로의 기운이 너무 커졌다고 한탄하던 소량인데, 작심하고 손을 대었으니 어떻겠는가!

하지만 그것만이라면 문제가 아니었다.

다른 이들은 몰라도, 소량의 가장 지근거리에 있었던 모용단천은 조금 전까지만 해도 무겁다고만 느꼈던 기세의 정체를 알 수 있었다.

모용단천으로서는 꿈도 꿔보지 못할 기세였다.

모용단천은 섬뜩한 두려움을 느꼈다. 그는 천애검협의 무위를 얕잡아 보았던 것을 뒤늦게 후회하며 엉금엉금 뒤로 물러났다. 단순한 기세만으로도 죽음의 공포를 느낀 탓에 그는 더 이상 생각을 이어가지 못했다.

오직 살아야 한다는 생각밖에는.

"자, 잘못했……."

"일어나 서영권 대협께 사죄해라."

완전히 굴복한 모용단천이 겁에 질려 고개를 끄덕였다.

"그럴, 그럴 테니……."

"그만! 너무 과하구려, 천애검협."

그때, 보다 못한 모용세가의 장로들이 뛰어들었다.

가장 앞선 장로는 모용구(慕容究)였다. 모용구는 현학검(玄鶴劍)이라는 별호로 불리는데, 그 검로에 장중한 기운이 있어

한 마리 고고한 학과 같다 하여 붙여진 별호였다.
"이쯤이면 충분하지 않소? 그만두시오."
사실 모용구는 소량을 방문했다가 정중한 인사만 받고 물러나온 사람 중 한 명이었다. 모용단천이 나선 것을 그대로 두고 본 것은 그 역시 내심 크게 불쾌했기 때문이었다. 아무리 천애검협이라고 하지만 오대세가를 이렇게까지 무시할 수 있나 싶었던 것이다.
또한 그는 천애검협의 무위를 믿지 않는 사람 중 한 명이었다. 모용세가의 장로인 그의 눈으로 봐도 천애검협에게서 고수의 풍모를 느낄 수 없었던 것이다.
모용구는 뒤늦게 자신의 행동을 후회했다.
"아니, 이 자리에서 사죄해야 하오."
소량이 무심한 어조로 말했다.
"그럴 수는 없소이다."
모용구가 고개를 절레절레 젓고는 무림맹의 무인들을 흘끔거렸다. 모용세가의 후계자가 천애검협을 감당하지 못하고 만신창이가 되어버린 지금이다. 오래지 않아 '모용세가의 후계자가 천애검협을 두려워해 바닥을 기었다'라는 소문이 돌게 되리라.
보다 못한 모용세가의 장로들이 나선 지금, 천애검협의 말대로 서영권에게 사죄한다면 어떻게 되겠는가?

모용세가 전체가 천애검협 한 명에게 굴복한 꼴이 된다.

지금은 천애검협이 모용세가의 체면을 보아주어야 한다.

"이미 폐가의 후계자에게 행한 것으로도 폐가와 천애검협의 관계는 돌이킬 수 없는 상황이오. 수습조차 할 수 없게 되기 전에… 이쯤에서 참아주시구려."

소량이 담담한 얼굴로 고개를 저었다.

모용구의 얼굴이 구겨졌다.

"협객이라 불린다고 들었소, 천애검협. 알고 보면 백성들을 돕는 것만이 협객이 아니라오. 상대의 체면을 존중하고 명예를 지켜주는 것 역시 협객의 도리요. 폐가를 너무 궁지로 몰아세우지 마시구려."

"모용세가의 후계자는 그렇게 했소이까?"

"저따위 삼류 무사와 우리 모용세가의 후계자를 비교하지 마라!"

모용단천의 상세를 살피던 장로 하나가 버럭 외쳤다. 모용진(慕容究)이라는 이름의 장로였는데, 모용세가의 장로원에서 다섯 번째 순위를 차지하는 자였다.

"오(五) 장로!"

모용구가 경거망동하지 말라는 듯 외쳤으나, 이미 늦었다.

소량이 차가운 얼굴로 버럭 고함을 질렀다.

"권력이 크다 하여 사람을 무시하는 것이 모용세가의 가르침이오? 명성이 높다 하여 사람을 무시하는 것이?"

"놈! 협객이라더니 모두 헛소리로구나! 체면을 보아주지 않고 이토록 무시하다니!"

"오 장로는 내 명령을 듣지 못했는가!"

모용구가 버럭 외치자 모용진이 이를 질끈 깨물었다.

모용구는 조용히 주변을 둘러보았다. 상석에 있던 구파일방과 오대세가의 고수들이 차가운 표정을 짓고 있었다.

'명분을 빼앗긴 지금이다.'

모용구가 눈을 질끈 감았다.

모용단천이 말을 그럭저럭 잘하긴 했지만, 그것만으로도 명분을 세웠다 말하긴 어려운 상황이었다. 패배한 것으로도 모자라 추한 꼴까지 보인 지금으로서는 더더욱 그렇다.

그런 상황에서 천애검협의 일갈은 참으로 뼈아픈 것이었다. 내뱉는 말 중에 틀린 말이 없으니 그렇지 않아도 공고히 쥐고 있던 명분을 더욱 공고히 한 셈이다.

'기호지세(騎虎之勢)로구나.'

모용구가 눈을 질끈 감았다.

천애검협의 무위를 가볍게 보지 말았어야 했다. 모용단천이 설칠 때 말렸어야 했다. 모용진이 젊은이들끼리 치고받는 데 나서는 것이 아니라며 말릴 때에 뿌리쳤어야 했다.

'아니. 결국 지켜보기만 한 것은 내가 아닌가?'

모용구가 쓸쓸하게 웃으며 말했다.

"천애검협께서 계속 이렇게 나온다면 폐가로서도 어쩔 수가 없소이다, 맹주."

모용구가 일전이라도 불사하겠다는 듯 나오자 장내가 술렁거렸다. 무당파의 장로인 청허 진인은 길게 한숨을 토해내었고, 각원 대사는 안타깝다는 듯 불호를 읊조렸다.

잠시 기나긴 침묵이 흘렀다.

침묵을 뚫고 청성파의 태원 상인이 맹주에게 말했다.

"출맹을 앞둔 지금, 허락하셔서는 아니 됩니……."

"아니, 허락하겠소."

무림맹주 진무극이 무심한 어조로 말했다.

각원 대사와 청허 진인을 포함한 대부분의 무림 명숙들이 믿을 수 없다는 듯 그를 바라보았다. 내분만은 결사적으로 막아야 한다던 맹주가 이렇게 나올 줄은 몰랐다.

"그게 무슨 말씀이시오, 맹주!"

무림맹의 무인들도 술렁거리긴 마찬가지였다. 사신당은 물론이거니와 접객당, 순찰조, 비각림, 진룡부 등 할 것 없이 거의 무인들 모두가 무슨 소리냐는 듯 맹주를 바라본다.

하지만 맹주는 태연했다.

"그대들이었다면 이 상황을 어찌 돌파하겠소? 무림에 든 자들이 서로 대립각을 세웠으니 비무로서 해결할 수밖에. 나에게는 이 상황을 중재할 만한 능력이 없구려."

"하지만 맹주!"

각원 대사가 버럭 고함을 질렀다. 사안이 크긴 하지만 천하의 무림맹주가 중재하지 못할 리가 없다.

그때, 각원 대사의 귓가로 전음성이 들려왔다.

[사정이 있소, 각원 대사. 지금은 경거망동하지 마시오.]

각원 대사의 눈이 휘둥그레 커지는가 싶더니, 빠르게 무림맹의 군사인 제갈군에게로 돌아갔다. 은밀히 살펴보니 제갈군의 표정 역시 맹주처럼 태연을 가장하고 있는 듯하다.

'사정이라니? 무슨 사정 말이오, 맹주?'

각원 대사가 불호를 읊조리며 눈을 지그시 감았다.

모용구가 태연한 얼굴로 맹주에게 머리를 숙여 보였다.

"그렇다면 더 기다릴 필요가 없겠구려."

모용구가 소량에게로 고개를 돌렸다. 소량은 죽어도 굽히지 않겠다는 듯한 눈으로 모용구를 바라보고 있었다.

"일이 이렇게 되었으니, 길게 말할 필요가 없겠지."

"지금이라도 사죄한다면……."

"불허한다!"

추이를 살피던 오 장로 모용진이 버럭 고함을 내지르며 소량에게로 뛰어들었다. 모용세가의 장로 중에서도 다섯 손가락 안에 꼽힌다는 사람답게, 그의 검에는 검강이 실려 있었다.

소량이 재빨리 검을 뽑아 들어 오행검의 수검세를 펼쳤다.

그것은 단순한 수검세가 아니었다. 잔혈마도의 사사도법을 상대할 때 익힌 묘리가 숨어 있었던 것이다.

우우웅—

소량의 검에 푸른 검강이 어리더니, 모용진의 검강을 감싸 안았다. 그리고 그의 경력을 이용하여 가볍게 회전한다.

"크헉!"

모용진이 형편없이 뒤로 튕겨나고 말았다.

무림맹의 무인들이 경악한 것은 당연한 일이었다.

"검강! 정말로 검기성강의 경지에 이르렀던가!"

그토록 의구심을 품었으나, 소문은 사실이었다. 무림인들은 고작 스물서넛의 나이에 검기성강의 경지에 이른 소량을 보고는 긴장한 듯 침을 꿀꺽 삼켰다.

"손속이 잔혹하다 원망치 말게."

모용구가 차갑게 중얼거리고는 신형을 날렸다. 그의 검이 순식간에 뽑혀 나온다 싶더니, 검강을 머금고서 소량에게로 쏟아졌다. 단지 검을 떨쳤을 뿐인데 검강이 비처럼 쏟아진다.

유수십이검(流水十二劍)이라!

말 그대로 흐르는 물과 같은 검이었다.

'살검. 나를 죽이기로 한 건가?'

소량은 고요하게 서서 쏟아지는 강기를 바라보았다. 설마하니 명예 때문에 살검을 펼칠 줄은 몰랐다. 모용세가의 소가주가 아닌 장로들이 말이다.

"잘못을 감추기 위해 살인까지 하려 하시오?"

찰나의 순간, 소량이 나지막하게 중얼거렸다.

'어쩔 수 없네, 천애검협.'

모용구는 그 말을 듣지 못한 척 공격을 계속했다. 검강이 바로 머리에까지 이르렀거늘 천애검협은 눈을 지그시 감을 뿐이었다.

소량이 다시 눈을 뜨자 모든 것이 급변했다.

콰콰콰콰—!

굉음과 함께 모용구의 신형이 뒤로 튕겨났다.

태룡과해라!

마침내 소량이 절기를 펼쳐 내기 시작한 것이다.

하지만 모용세가는 신도문과는 비교도 안 될 정도로 성세를 누리는 가문, 가만히 앉아서 당하고 있지 않았다. 모용세가의 장로 한 명, 한 명이 신도문의 문주인 곽채선과 같거나 더 높은 무위를 가지고 있다.

"놈! 도천존 노선배의 진전을 이었다더니!"

모용세가의 삼 장로, 모용염천(慕容炎天)이 높이 신형을 날리더니, 소량의 우측에 착지하자마자 소량에게로 쏘아졌다.

소량이 오행검의 화검세를 펼쳐 그를 상대하는 사이, 이번에는 모용세가의 사 장로가 소량을 공격해 왔다.

현문구검(玄門九劍)의 초식이었다.

"후우―"

소량이 길게 한숨을 토해내었다.

한 명 한 명이 곽채선과 같거나 높은 무위를 가지고 있다고는 하지만, 소량 역시 반선과 함께 삼백여 명이 넘는 무인을 상대하며 새로운 경지를 엿본 바 있다.

소량은 잔혈마도의 수법으로 모용염천의 공격을 흘려낸 후, 각법으로서 사 장로의 단전을 후려쳤다.

"크윽!"

단전을 얻어맞은 사 장로가 비명을 토해내며 뒤로 물러나자 소량이 가볍게 신형을 회전했다. 태룡과해를 겨우 방어해 내며 물러났던 모용구가 다시금 유수십이검을 펼쳐 낸 것이다. 이번의 기세는 이전보다도 강맹했으나, 소량은 창궁무애검의 초식을 펼쳐 그 빈틈을 노렸다.

무림인들은 그야말로 경악하고 말았다. 천애검협은 천하의 오대세가의 장로들 중 다섯의 합공을 견뎌내고 있는 것으로 모자라, 오히려 우위를 점하고 있었던 것이다.

이는 곧 그들보다 소량의 무위가 더욱더 크다는 것을 뜻한다.

'이전과는 다르다.'

소량은 비로소 자신의 무위를 자각했다.

투명해진 까닭에 태허일기공인지, 아닌지도 판단할 수 없는 기묘한 기운이 일어나자 너무도 자연스럽게 검강이 일어난다. 초식이라고 말하기엔 민망할 정도로 제멋대로 검로를 펼치는데도 이전보다 훨씬 강맹한 위력이 담긴다.

눈 역시 달라진 듯했다. 이전에는 제대로 보지도 못했을 절정고수의 공격이 느리게 보인다.

소량은 놀란 듯 자신에게로 쏘아지는 검을 바라보다가 서서히 표정을 굳혔다. 잘못을 감추기 위해 살검까지 날리는 그들이다. 이 상황을 아무런 피해 없이 무마하려면 자신이 굽히는 수밖에 없다.

'아니, 나는 한 걸음도 물러서지 않아.'

소량의 마음이 일어나자 태허일기공이 뒤를 따랐다.

마치 무언가 용암 같은 것이 들끓는 듯했다.

소량은 그 기운을 밖으로 풀어내는 대신, 검에 실어 자신을 공격하는 모용진의 어깨를 노리고 쏘아 보냈다.

"커헉!"

모용진이 팔을 붙잡으며 뒤로 물러났다. 겨우 피했기에 망정이지, 하마터면 팔을 잃어버릴 뻔했던 것이다. 모용진은 자신들이 먼저 살수를 펼쳤다는 것도 잊어버리고 말았다.
"협객이라더니 손속이 과하……."
"협객을 논하지 마라!"
소량이 공대조차 잊고 외쳤다.
"가문의 힘을 믿고 함부로 사람을 무시하면서 협객을 논하지 마라! 잘못을 인정하는 대신 감추기 위해 살인을 불사하는 자들이 협객을 논하지 마라!"
"수적 따위와 우리 모용세가를 비교하는 네놈이야말로 크게 착각하고 있는 것이다! 무림은 강자존! 수적의 명예와 우리 모용세가의 명예에는 하늘과 땅 만큼의 차이가 있다!"
소량이 미간을 찌푸리며 모용진을 바라보았다.
신도문의 문주 곽채선이 무어라 했던가!

"무림은 강자존이라! 네놈이 무학을 믿고 광오하게 굴었던 것도 이해가 간다. 하지만 강호에는 기인이 모래알처럼 많으니 하늘 끝에 오르지 않고서야 어찌 매번 뜻을 관철하겠는가?"

소량의 표정이 점점 차가워졌다.
'무림은 강자존이라… 그래, 그랬지.'
가슴속에서 들끓던 무언가가 이제는 폭발 직전까지 달아올랐다. 소량의 마음이 격동할수록 태허일기공의 기운이 폭풍이라도 치는 것처럼 요동을 치는 것이다.

여태까지는 그 기운을 검에 실었으나, 이제 그것만으로는 부족하리라.

소량은 여태껏 제어하려고만 했던 모든 기운을 그냥 풀어 버리기로 결심했다.

"그렇다면……."

소량이 중얼거림과 동시에 대지가 진동했다.

흙먼지가 소량을 중심으로 원을 그리며 물러나더니, 모용세가의 장로들은 물론, 장내에 있던 다른 무림인들의 신형마저도 휘청거렸다.

머지않아 삼천존의 경지에 이르리라 짐작되는 무인, 즉 무림맹주 진무극이나 무당의 검선, 청성의 일검자 등만이 멀쩡히 서 있을 뿐, 견디지 못하고 무릎을 꿇는 자가 속출했다.

"어, 어찌 이런……!"

쩌저적!

누군가의 외침이 끝나기도 전에, 소량이 딛고 있던 바닥의 청석이 갈라지더니 저절로 허공에 떠올라 부유했다.

'나와도 비견될 정도!'

무림맹주 진무극이 놀란 얼굴로 소량을 바라보았다.

처음에는 장로들의 공격을 견디지 못할 것으로 예상하고 여차하면 나서려 했었으나, 이제는 장로들을 구하기 위해 나서야 할 판이다.

'이, 이 정도였던가? 저 나이에?'

진무극이 믿을 수 없다는 표정으로 침을 꿀꺽 삼켰다.

장내가 찬물이라도 끼얹은 듯 싸늘해졌다. 적어도 이 순간만큼은 감히 천애검협에게 대항할 자가 없었다. 마치 단 한 명이 무림맹 전체를 제압해 버린 것처럼 말이다.

"사, 삼천존?"

부복하듯 엎드린 누군가가 질린 목소리로 말할 때였다.

부유하는 청석 조각들 사이에서, 홀로 오롯이 서 있던 소량이 입을 열었다.

"나 역시 강자로서 행세하겠다."

강호에 새로운 신인(神人)이 등장하는 순간이었다.

『천애협로』 6권에 계속…

실명 무사

김문형 新무협 판타지 소설
FANTASTIC ORIENTAL HEROES

**망자가 우글거리는 지하 감옥에서
깨어난 백면서생 무명(無名).**

그런데, 자신의 이름과 과거가 기억나지 않는다?
잃어버린 기억을 되찾기 위해 망자 멸절 계획의 일원이 되는 무명.

**망자 무리는 죽음의 기운을 풍기며
점차 중원을 잠식해 들어가는데……!**

"나는 황궁에 남아서 내가 누구인지 알아낼 것이오."

**중원 천하를 지키기 위한
무명의 싸움이 드디어 시작된다!**

Book Publishing CHUNGEORAM

유행이 아닌 자유추구 -
WWW.chungeoram.com

MODERN FANTASTIC STORY

강준현 현대 판타지 소설

주무르면 다고침!

희귀병을 고치는 마사지사가 있다?

트라우마를 겪은 후 내리막길을 걸어온 한두삼.
그는 모든 걸 포기하고 고향으로 향하게 된다.
그리고 그곳에서 특별한 능력을 얻게 되는데…….

"도대체 나한테 무슨 일이 생긴 거지?"

한두삼, 신비한 능력으로 인생이 뒤바뀌다!

Book Publishing CHUNGEORAM

유행이 아닌 자유추구 -
WWW.chungeoram.com

FANTASTIC ORIENTAL HEROES

와룡봉추

임영기 新무협 판타지 소설

세상천지 원하는 것을 모두 다 이룬
천하제일인 십절무황(十絕武皇).

우화등선 중, 과거 자신의 간절한 원(願)과 이어진다.

"…내가 금년 몇 살이더냐?"
"공자께선 올해 스무 살이죠."

**개망나니였던 육십사 년 전으로 돌아온
화운룡(華雲龍).**

멸문으로 뒤틀린 과거의 운명이 뒤바뀐다!

Book Publishing CHUNGEORAM

www.chungeoram.com